COLLECTION

Petit déjeuner chez Tiffany

Truman Capote

Petit déjeuner chez Tiffany

Traduit de l'américain
par Germaine Beaumont

Gallimard

Titre original .

BREAKFAST AT TIFFANY'S

Je suis toujours ramené vers les lieux où j'ai vécu; les maisons et leur voisinage. Ainsi par exemple cette maison brune dans le quartier des Est-Soixante-Dix, où, pendant les premières années de la guerre, j'eus mon premier appartement new-yorkais. Il consistait en une pièce encombrée d'un mobilier de grenier : sofa et chaises bouffies, recouvertes de ce velours râpeux et d'un rouge particulier que l'on associe aux voyages en été dans un train. Les murs étaient revêtus de stuc et d'une couleur assez analogue au jus de chique. Partout, même dans la salle de bain, ils s'ornaient de gravures représentant des ruines romaines tavelées par l'âge. L'unique fenêtre s'ouvrait sur l'échelle d'incendie. Malgré cela, je me sentais ragaillardi lorsque je tâtais dans ma poche la clef de cet appartement. En dépit de sa mélancolie c'était tout de même un endroit à moi, le premier, et j'y avais mes livres et des pots pleins de crayons à aiguiser, tout ce dont j'avais besoin — je le sentais — pour devenir l'écrivain que je voulais être.

Il ne me serait jamais venu à l'esprit, à cette époque, d'écrire au sujet de Holly Golightly, et encore maintenant je n'y aurais pas pensé, si une conversation que j'eus avec Joe Bell, n'avait remis en marche les rouages du souvenir qu'elle m'avait laissé.

Holly Golightly avait été une des locataires de la vieille maison brune. Elle occupait l'appartement au-dessous du mien. Quant à Joe Bell, il tenait un bar au coin de Lexington Avenue. Il y est encore. Holly et moi nous avions l'habitude de nous y rendre six ou sept fois par jour, pas pour boire, du moins pas toujours, mais pour téléphoner. Pendant la guerre ce n'était pas facile d'avoir un téléphone particulier. Qui plus est, Joe Bell avait la gentillesse de prendre les communications, ce qui, dans le cas de Holly, n'était pas une mince faveur, car elle en recevait une fameuse quantité.

Bien entendu cela remonte loin. Et jusqu'à la semaine dernière j'étais resté des années sans revoir Joe Bell. Par-ci, par-là nous avions gardé le contact, et à l'occasion je m'arrêtais à son bar quand je passais dans le quartier, mais en fait, nous n'avions jamais été de grands amis, sauf dans la mesure où nous étions l'un et l'autre des amis de Holly Golightly. Joe Bell n'a pas un caractère facile, il le reconnaît lui-même. Il dit que c'est parce qu'il est célibataire, et sensible de l'estomac. N'importe qui, le connaissant bien, vous dira qu'il n'est pas d'un abord commode, et qu'il est même franchement impossible pour qui ne partage pas ses manies dont Holly fait partie. Parmi les autres il y a le hockey sur glace, les chiens de Weimaraner, « La fille du dimanche », série offerte par une marque de savon et qu'il écoute depuis quinze ans, et Gilbert et

Sullivan. Il prétend qu'il est parent d'un des deux mais je ne me souviens pas duquel.

Et c'est pourquoi, lorsque le téléphone sonna en fin d'après-midi mardi dernier et que j'entendis « Ici, Joe Bell », je sus qu'il s'agissait de Holly. Il ne me le dit pas, mais simplement : « Pouvez-vous vous amener en vitesse? C'est important. » Une raucité d'excitation faisait vibrer sa voix de crapaud.

J'arrêtai un taxi dans un déluge de pluie d'octobre et le long du chemin je me demandai si elle ne serait pas là-bas et si je n'allais pas revoir encore Holly.

Mais il n'y avait personne dans l'établissement que son propriétaire. Le bar de Joe Bell est tranquille si on le compare à la plupart des bars de Lexington. Il ne se pique ni de néon ni de télévision. Deux vieux miroirs reflètent le temps qu'il fait dehors, et derrière le bar, dans un renfoncement entouré de photographies de champions de hockey sur glace, il y a toujours un grand vase de fleurs fraîches que Joe lui-même arrange avec un soin de mère. C'est ce qu'il était en train de faire lorsque j'entrai.

« Bien entendu, dit-il, plantant à fond un glaïeul dans le vase, bien entendu je ne vous aurais pas dérangé si ce n'est que j'avais besoin de votre avis. Il est arrivé quelque chose de bizarre.

— Vous avez des nouvelles de Holly? »

Il tripota une feuille comme s'il ne savait quoi me répondre. Petit avec une belle toison de cheveux blancs, son visage osseux et fuyant conviendrait mieux à quelqu'un de beaucoup plus grand. Son teint est généralement hâlé, mais me parut plus coloré que d'habitude. « Je ne peux pas dire exactement que j'ai de ses nouvelles, du moins je ne crois pas. C'est pour ça que j'aimerais votre opinion. Laissez-moi vous préparer un verre. Quelque chose de nouveau. On appelle ça un Ange blanc », ajouta-t-il, mélangeant de la vodka et du gin, moitié moitié, mais pas de vermouth. Tandis que j'avalais cette combinaison, Joe Bell se tenait debout, suçant une pastille digestive et retournant dans son esprit ce qu'il avait à me dire. Puis : « Vous souvenez-vous d'un certain Mr. I. Y. Yunioshi? Un citoyen venu du Japon?

— De Californie », rectifiai-je. Je me souvenais parfaitement de Mr. Yunioshi. Il est photographe dans un magazine illustré, et quand je l'ai connu il vivait dans l'appartement-atelier, au dernier étage de la maison brune.

« Ne m'embrouillez pas. Tout ce que je vous demande c'est si vous savez de qui je parle. Bon, parfait. Eh bien, hier soir, qui est-ce qui se dandine ici, sinon ce même Mr. Yunioshi. Je ne l'avais pas vu, disons, depuis plus de deux ans. Et où pensiez-vous qu'il était, pendant ce temps-là?

— En Afrique. »

Joe Bell, les yeux rétrécis, s'arrêta de sucer sa pastille.

« Non! Comment le savez-vous?

— Je l'ai vu dans *Winchell*. » Ce qui en fait était la vérité.

Joe fit sonner sa caisse enregistreuse et en sortit une enveloppe bulle.

« Et ça? Est-ce que vous l'avez lu aussi dans *Winchell?* »

L'enveloppe contenait trois photographies se ressemblant plus ou moins, bien que prises sous des angles différents. Celles d'un grand Nègre délicat, vêtu d'une chemise de calicot et qui, avec un sourire timide et pourtant affecté, exhibait entre ses mains une bizarre sculpture sur bois, la sculpture étirée d'une tête de jeune fille aux cheveux de garçon, courts et lisses, ses yeux de bois trop grands et obliques dans un visage effilé, la bouche large, exagérée, assez semblable à des lèvres de clown. Au premier coup d'œil cela ressemblait à une sculpture des plus primitives. Mais ce n'était pas le cas. C'était l'effigie toute crachée de Holly Golightly, du moins pour autant que ce sombre objet immobile pût l'être.

« Et maintenant, qu'est-ce que vous en dites? demanda Joe Bell, ravi de ma perplexité.

— Ça lui ressemble.

— Écoutez-moi bien, mon garçon. » Et il claqua le bar de sa main. « C'est elle. Aussi sûr que je suis un homme en âge de porter des culottes. Le petit Japonais l'a reconnue, la minute où il l'a vue.

— Où l'a-t-il vue? En Afrique?

— Non. La statue seulement. Mais ça revient au même. Lis plutôt toi-même », ajouta-t-il retournant une des photographies.

On pouvait lire à l'envers : Sculpture sur bois. Tribu S. Tococul. East Anglia. Jour de Noël 1956.

Il continua : « C'est ce que dit le Japonais. » Et voilà l'histoire : Le jour de Noël Mr. Yunioshi avec son appareil photographique traversa Tococul, un village perdu dans une brousse préhistorique et totalement dénué d'intérêt, tout au plus une agglomération de huttes de boue avec des singes dans les cours et des busards sur les toits. Il se décidait à s'en éloigner quand il vit soudain un Nègre accroupi sous une porte en train de sculpter des singes sur une canne. Son travail frappa Mr. Yunioshi qui demanda à en voir davantage. C'est là-dessus que lui fut montrée la sculpture d'une tête de jeune fille. Il eut alors l'impression, comme il le dit à Joe Bell, qu'il rêvait. Mais quand il offrit de l'acheter, le Nègre soupesa de la main ses parties intimes (apparemment un geste tendre comme de désigner son cœur) et dit non. Une livre de sel et dix dollars, une montre-bracelet, deux livres de sel et vingt dollars, rien ne l'ébranla. Mr. Yunioshi était décidé en tout cas à se faire dire comment la sculpture avait pu être faite. Cela lui coûta son sel et sa montre, et l'aventure lui fut contée en africain, en anglais petit nègre, et en gestes de la main. Il semble qu'au printemps de cette année-là, un groupe de trois Blancs était arrivé de la brousse à cheval. Une jeune femme et deux hommes. Les hommes, l'un et l'autre les yeux rouges de fièvre, durent rester enfermés et grelottant pendant plusieurs semaines dans une hutte isolée, tandis que la jeune femme ayant présentement éprouvé un attrait pour le sculpteur partageait sa paillasse.

— Je ne crois pas ce détail-là, dit pudiquement Joe Bell. Je sais bien qu'elle avait ses idées. Mais je ne crois pas qu'elle les aurait poussées jusque-là.

— Et après?

— Après, rien. » Il haussa les épaules. « Le moment venu, elle s'en fut à cheval comme elle était venue.

— Seule ou avec les deux hommes? »

Joe Bell cligna des yeux. « Avec les deux hommes je suppose. Quant au Jap il interrogea tout le monde à son sujet d'un bout à l'autre du pays. Mais personne d'autre ne l'avait jamais vue. »

Ce fut alors comme s'il sentait ma propre impression de découragement le gagner, et qu'il ne voulait pas y participer. « Il y a une chose qu'il faut que vous admettiez, c'est que ce sont les seules nouvelles précises qui nous soient parvenues depuis je ne sais combien d'années. » Il compta sur ses doigts et il n'y en avait pas assez. « Tout ce que j'espère c'est qu'elle est riche. Il faut être riche pour s'en aller se baguenauder en Afrique.

— Elle n'a probablement jamais mis le pied en Afrique », dis-je avec conviction. Et cependant je pouvais l'imaginer là-bas. C'était un pays qui devait la tenter ! Et puis cette tête sculptée... je regardai de nouveau les photographies.

« Vous qui savez des tas de choses, où est-elle ?

— Morte. Ou dans un asile de fous. Ou mariée. Je crois qu'elle est mariée, qu'elle s'est assagie, et qu'elle est probablement ici même dans cette ville. »

Il réfléchit un instant.

« Non, dit-il, et il secoua la tête. Je vais vous dire pourquoi. Si elle était dans cette ville je l'aurais vue. Imaginez un homme qui aime marcher, un homme comme moi qui a parcouru les rues pendant dix ou douze ans, et qui, pendant toutes ces années, a cherché une même personne et ne l'a jamais rencontrée... Est-ce que ça ne tombe pas sous le sens qu'elle n'est pas là ? Je vois des fragments d'elle tout le temps, un petit derrière plat, n'importe quelle fille mince qui marche vite et droit. »

Il s'arrêta, comme trop conscient de la manière intense dont je le regardais.

« Vous trouvez que je déraille ?

– C'est simplement que je ne savais pas que vous l'aimiez. Pas à ce point-là. »

Je regrettai ce que je venais de dire. Cela le déconcerta. Il rassembla les photographies, les remit dans leur enveloppe. Je consultai ma montre. Je n'avais aucun rendez-vous, mais je me dis que je ferais mieux de partir.

« Un instant, fit-il, agrippant mon poignet. Bien sûr que je l'aimais. Mais ce n'était pas parce que j'avais envie d'elle. » Et il ajouta sans sourire : « Non pas que je ne considère pas ce côté-là de la question. Même à mon âge, et je vais avoir soixante-sept ans le 10 janvier... Mais c'est un fait curieux. Plus je vieillis et plus je pense à ces choses-là. Je ne me souvenais pas y avoir tellement pensé quand j'étais jeune et maintenant c'est une minute sur deux. C'est peut-être que plus on vieillit et que moins on arrive à transformer la pensée en action, plus on renferme tout ça dans sa tête jusqu'à ce que ça devienne une obsession. Chaque fois que je lis dans le journal qu'un vieux bonhomme s'est compromis, je sais que c'est à cause de cette obsession. Mais (il se versa un whisky qu'il avala tel quel) je ne me suis, moi, jamais compromis. Et je jure que ça ne m'a jamais traversé l'esprit en ce qui concerne Holly. Vous pouvez très bien aimer quelqu'un sans en passer par là. Et le respecter comme un étranger qui serait un ami. »

Deux hommes entrèrent dans le bar et le moment me parut choisi pour partir. Joe Bell me suivit jusqu'à la porte. De nouveau il me saisit le poignet.

« Vous le croyez, n'est-ce pas?

— Que vous n'avez pas eu envie de Holly?

— Je veux dire à propos de l'Afrique. »

Je crois qu'à ce moment, je ne me souvenais plus de l'histoire, seulement de cette vision d'elle s'éloignant à cheval. « De toute façon, elle est partie.

— Oui, fit-il en ouvrant la porte. Partie tout simplement. »

Dehors la pluie avait cessé. Il n'en restait qu'une vapeur dans l'air. Je pris le tournant et suivis la rue jusqu'à l'endroit où se dresse la maison de pierre brune. C'est une rue avec des arbres qui en été dessinent des ombres fraîches sur le trottoir. Mais en cette saison les feuilles avaient jauni et la plupart étaient tombées; la pluie les avait rendues glissantes et elles dérapaient sous les pieds. La maison brune est à mi-chemin du bloc, contre une église où l'horloge bleue du clocher sonne les heures. On lui a redonné du lustre depuis mon départ. Une élégante porte noire a remplacé l'ancienne, en verre dépoli, et de distingués volets gris habillent les fenêtres. Aucun des locataires d'autrefois n'y habite encore, à l'exception de Mme Sapphia Spanella, chanteuse à la voix rauque, qui, chaque après-midi, allait patiner à roulettes dans Central Park. Je sais qu'elle est encore là parce que j'ai gravi les marches et inspecté les boîtes à lettres. C'est une de ces boîtes qui m'avait autrefois révélé Holly Golightly.

J'étais dans la maison depuis une semaine lorsque je m'étais avisé que la boîte à lettres affectée à l'appartement 2 portait, insérée, une carte libellée curieusement. Elle disait, imprimée et non gravée : Miss Holiday Golightly; et en dessous, dans l'angle : Voyageuse de commerce. Cela m'obséda comme un air de musique. Miss Holiday Golightly. Voyageuse de commerce.

Un soir, longtemps après minuit, je m'éveillai au son de la voix de Mr. Yunioshi qui parlait du haut de l'escalier. Comme il occupait l'appartement du dernier étage, sa voix, exaspérée et réprobatrice, résonnait dans toute la maison : « Miss Golightly, je proteste! »

La voix qui remonta vers la sienne, s'enflant du bas de l'escalier, bêtifiait juvénilement et gaiement.

« Oh! chéri, je suis *tellement* désolée mais j'ai perdu cette clef de malheur!

— Vous ne devez pas persister à sonner *mon* appartement. Vous devez, je prie vous, avoir pour vous-même une clef faite.

— Mais je les perds toutes.

— Je travaille. Dormir je dois! hurla Mr. Yunioshi. Mais toujours vous chez moi sonnez.

— Oh! ne soyez pas fâché, cher petit homme! Je ne recommencerai plus. Et si vous me promettez de ne pas être fâché — sa voix se rapprochait à mesure que Holly grimpait les marches —, je pourrai peut-être vous laisser prendre ces photos dont nous avons parlé. »

A ce moment j'avais quitté mon lit et entrouvert ma porte d'un centimètre. Je pouvais entendre le silence de Mr. Yunioshi. Je dis l'entendre, car il était accompagné d'un perceptible changement de respiration.

« Quand? » demanda-t-il.

La jeune fille se mit à rire.

« Un de ces jours.

— Quand vous voudrez », dit-il, et il referma sa porte.

Je sortis sur le palier et me penchai au-dessus de la rampe, assez pour voir sans être vu. Elle était encore dans l'escalier mais présentement la bigarrure de ses cheveux de garçon, coulées fauves, mèches d'un blond blanc et d'un blond jaune, accrochèrent l'éclairage du palier. La soirée était chaude, proche de l'été, et elle portait une mince et fraîche robe noire, des sandales noires, un collier de chien en perles. En dépit de son élégante minceur, elle gardait l'air de santé des petits déjeuners aux flocons d'avoine, l'air de propreté des savons au citron et des joues assombries d'un rouge sommaire. La bouche était grande, le nez retroussé. Une paire de lunettes noires obturait ses yeux. C'était un visage ayant passé l'enfance mais tout près d'appartenir à la femme. Je la situai approximativement entre seize et trente ans. Comme je l'appris par la suite, elle était à deux mois de son dix-neuvième anniversaire.

Elle n'était pas seule. Un homme la suivait. La façon dont sa main grasse lui palpait la hanche paraissait indécente, moins d'un point de vue moral qu'esthétique. Il était court et large, bruni artificiellement et pommadé, sanglé dans un costume à fines rayures avec un œillet rouge expirant à sa boutonnière. Quand ils atteignirent la porte de l'appartement, elle fourragea dans son sac en quête d'une clef, sans s'occuper du fait que les grosses lèvres grouinaient sa nuque. A la fin cependant, ayant trouvé la clef et ouvert la porte, elle se tourna gracieusement vers son cavalier. « Soyez béni, mon trésor. C'est gentil de m'avoir raccompagnée.

— Minute, baby! fit-il comme la porte se refermait à son nez.

— Oui, Harry.

— Harry c'était l'autre type. Moi je suis Sid. Sid Arbuck. Vous m'aimez un petit peu?

— Je vous adore, mister Arbuck. Mais bonne nuit tout de même, mister Arbuck. »

Mr. Arbuck contempla, incrédule, la porte fermement close.

« Hé là, baby! Laissez-moi entrer, baby. Vous m'aimez bien, baby. Je suis un type qu'on aime bien. Est-ce que je n'ai pas payé la note pour cinq personnes? *Vos* amis. Je les voyais pour la première fois. Est-ce que ça ne me donne pas le droit d'être aimé un petit peu? Vous m'aimez, dites, baby? »

Il frappait doucement à la porte, puis plus fort. Finalement il recula de plusieurs pas, le corps ramassé et baissé comme s'il avait l'intention de charger et de l'enfoncer. En fin de compte il dégringola l'escalier, cognant du poing contre les murs. Juste comme il arrivait en bas, la porte de l'appartement de la jeune fille s'ouvrit, et elle passa la tête au-dehors.

« Oh! mister Arbuck... »

Il se retourna, le visage huilé par un sourire de soulagement. Ainsi ce n'était qu'une taquinerie.

« La prochaine fois qu'une fille vous demandera de la monnaie pour aller se refaire une beauté, cria-t-elle cessant de plaisanter, suivez mon conseil, chéri. Ne lui donnez pas vingt francs. »

Elle tint sa promesse à Mr. Yunioshi, ou du moins je présume qu'elle ne tira plus sa sonnette, car les jours suivants elle se prit à tirer la mienne, quelquefois à deux, trois ou quatre heures du matin. Elle se souciait peu de l'heure à laquelle elle m'arrachait du lit pour pousser le bouton qui relâchait la porte de l'immeuble. Comme j'avais peu d'amis et aucun qui dût venir aussi tard, je savais toujours que c'était elle. Mais les premières fois que cela arriva, j'allai à ma porte, craignant vaguement de mauvaises nouvelles, un télégramme. Et Miss Golightly me rassurait d'en bas. « Désolé, chéri. J'ai oublié ma clef. »

Bien entendu, nous ne nous connaissions pas, bien que, inévitablement, dans l'escalier, dans la rue, nous nous soyons souvent trouvés face à face, mais elle ne semblait jamais me voir tout à fait. Elle portait toujours ses lunettes noires, elle était toujours impeccable, il y avait une sorte de bon goût concerté dans la simplicité de ses vêtements, les bleus, les gris, l'absence d'éclat qui la faisaient, elle, briller tellement. On aurait pu penser qu'elle posait pour les photographes ou qu'elle était une jeune actrice, sauf que, bien évidemment, à en juger par ses heures, elle n'avait pas le temps d'être l'un ou l'autre.

Il m'arrivait parfois de la rencontrer en dehors de notre quartier. Une fois, un parent en visite m'emmena au « 21 » et là, à une table en évidence, entourée de quatre hommes dont aucun n'était Mr. Arbuck mais tous taillés sur le même modèle, Miss Golightly trônait languissamment, et peignait

en public ses cheveux. Quant à son expression, un
bâillement contenu, elle doucha quelque peu l'excitation que j'éprouvais à dîner dans un endroit aussi
chic. Un autre soir, au cœur de l'été, la chaleur de
ma chambre me chassa dans les rues. Je descendis
la Troisième Avenue jusqu'à la 51ᵉ Rue où se trouvait, dans la vitrine d'un magasin d'antiquités, un
objet que j'admirais : une fastueuse cage d'oiseaux
— une mosquée de minarets et de chambres de bam-
bous — appelant à grands cris des perroquets
bavards. Mais cela coûtait trois cent cinquante
dollars. Sur le chemin du retour je remarquai
un attroupement de chauffeurs devant le bar de
P. J. Clark, attirés apparemment par un groupe
joyeux d'officiers australiens l'œil noyé de whisky
et barytonant *Matilde la Valseuse*. Tout en chantant, ils se passaient en la faisant tourbillonner sur
les pavés sous l'Aérien, une fille, Miss Golightly,
pour ne pas la nommer, qui flottait dans leurs bras
avec une légèreté d'écharpe.

Mais si Miss Golightly demeurait étrangère à mon
existence, sauf en tant qu'utilité pour lui ouvrir
la porte, j'acquis au cours de l'été une manière
d'autorité sur la sienne. Je découvris en observant
la corbeille à rebuts devant sa porte que ses lec-
tures habituelles consistaient en digests, dépliants
de voyages et cartes astrales; qu'elle fumait une
variété ésotérique de cigarettes appelée *Picayunes,*
qu'elle se nourrissait de fromages fermiers et de
toasts Melba, et que son bariolage capillaire n'était
point exempt des secours de l'art. Je découvris
également aux mêmes sources qu'elle recevait des
lettres du front par sacs. Ces lettres étaient tou-

jours déchirées en longueur comme pour marquer
des pages. Il m'arrivait de temps à autre pour mon
usage, de ramasser une de ces marques en passant.
« Te souviens-tu? » ou « tu me manques » ou « il
pleut » ou « je t'en prie, écris » et aussi « malheur
et damnation » étaient les mots qui revenaient le
plus souvent sur ces langues de papier. Ça et aussi
« solitude » et « amour ».

J'appris aussi qu'elle avait un chat et jouait de
la guitare. Les jours où le soleil tapait dur, elle
se lavait la tête, et elle et le chat, un matou, écaille
et tigré, s'installaient ensemble sur l'échelle d'incendie pendant que ses cheveux séchaient au son de
la guitare. Chaque fois que j'entendais la musique
j'allais m'asseoir sans bruit près de ma fenêtre.
Elle jouait très bien et parfois aussi elle chantait.
Elle chantait d'une voix rauque et cassée d'adolescent qui mue. Elle connaissait tous les airs en vogue.
Cole Porter, Kurt Weill. Elle aimait particulièrement les airs d'*Oklahoma,* nouveaux cet été-là, et
qu'on entendait partout. Mais il lui arrivait aussi
par moments de jouer des airs qui vous faisaient
vous demander où elle les avait appris, et d'où, en
fait, elle pouvait bien venir. Des mélodies errantes,
à la fois rudes et tendres dont les paroles fleuraient
les bois de pins ou les savanes. L'une disait : *J'ai
pas envie de dormir. J'ai pas envie de mourir. J'ai envie
que de me promener dans les pâturages du ciel.*

Cette chanson-là semblait lui plaire plus que les
autres, car elle continuait souvent à la chanter, longtemps après que ses cheveux fussent secs et le soleil
parti, quand les fenêtres commençaient à s'allumer
dans le crépuscule.

Mais nos relations ne prirent vraiment leur départ qu'en septembre, un soir que parcouraient les premiers frissons froids de l'automne. J'avais été au cinéma, j'étais rentré et je m'étais mis au lit avec un grog au rhum et le dernier Simenon. C'était tellement mon idée d'une soirée confortable que je ne parvenais pas à comprendre le sentiment de malaise qui s'amplifia en moi au point que je pouvais entendre les battements de mon cœur. C'était une angoisse dont j'avais lu la description dans les livres mais que je n'avais jamais expérimentée. Le sentiment que l'on m'épiait. Que quelqu'un était dans la chambre. Puis il y eut une succession de coups secs sur la vitre, une apparition d'un gris spectral. Je renversai le grog. Il me fallut un certain temps avant que je me décide à ouvrir la fenêtre et à demander à Miss Golightly ce qu'elle voulait.

« J'ai laissé en bas un type absolument terrifiant, me dit-elle, passant de l'échelle de secours dans ma chambre. Je veux dire qu'il est charmant quand il n'est pas soûl, mais qu'il se mette à écluser, et vous parlez d'un sauvage! S'il y a une chose que je déteste ce sont les types qui mordent! » Elle écarta son peignoir de flanelle grise de son épaule pour me montrer ce qui arrive quand un type vous mord. Elle ne portait rien d'autre que ce vêtement. « Je suis navrée de vous avoir fait peur, mais quand cette brute a commencé à m'ennuyer, je suis tout simplement passée par la fenêtre. Il doit croire que je suis dans la salle de bain. Non pas que je me soucie de ce qu'il pense, que le diable l'emporte! Il va seulement se fatiguer et s'endormir. Bon sang, il le devrait. Huit

martinis avant le dîner et ensuite assez de vin pour
laver un éléphant. Ceci dit vous pouvez me flanquer
dehors si vous en avez envie. Ça me vexe assez de
m'imposer comme ça chez vous! Mais il faisait un
froid de canard sur cette échelle. Et vous aviez l'air
si douillet. Comme mon frère Fred. Nous couchions
à quatre dans le même lit mais c'était le seul qui me
laissait me pelotonner contre lui quand il faisait
froid. A propos, est-ce que ça vous ennuierait si je
vous appelais Fred? »

Elle était à ce moment complètement entrée dans
la chambre et s'y tenait debout, me fixant. Je ne
l'avais jamais vue jusque-là sans ses lunettes noires,
et je comprenais maintenant qu'elle les portait par
ordonnance, car sans elles ses yeux avaient la lou-
cherie de concentration des bijoutiers. C'étaient de
grands yeux, un peu bleus, un peu verts, piquetés
de brun; diaprés comme ses cheveux et répandant
une vivante et chaude lumière. « Je suppose que
vous croyez que j'ai un fameux toupet, ou que je
suis folle tordue, ou Dieu sait quoi.

— Absolument pas. »

Elle parut déçue. « Si, si, vous le croyez. Tout le
monde le croit. Moi je m'en fiche, c'est commode. »

Elle s'installa dans un des branlants fauteuils de
velours rouge, replia sa jambe sous elle et plissant
ses yeux d'une manière plus accentuée promena
son regard autour de la chambre.

« Comment pouvez-vous endurer ça? C'est le
musée des horreurs.

— On s'habitue à tout, répliquai-je, mécontent de
moi-même, car pour tout dire j'étais assez fier de
mon installation.

— Pas moi. Je ne m'habitue jamais à rien. Ceux qui s'habituent pourraient aussi bien mourir. Son méprisant regard parcourut de nouveau la pièce.

— Qu'est-ce que vous faites là toute la journée? »

Je désignai une table surchargée de papiers et de livres.

« J'écris des choses.

— Je croyais que les écrivains étaient tout à fait vieux. Pas Saroyan bien sûr. Je l'ai rencontré à une réception et vraiment il n'est pas vieux du tout. Du moins — réfléchit-elle — s'il voulait se raser de près. A propos, est-ce que Hemingway est vieux?

— Dans les quarante ans j'imagine.

— Ça n'est pas trop mal. Un homme ne m'intéresse qu'à partir de quarante-deux ans. Il y a une idiote de fille qui passe son temps à me répéter que je devrais consulter un presse-méninges. Elle dit que c'est un complexe *paternel*. Et moi je dis m... C'est tout simplement que je me suis *entraînée* à n'aimer que les hommes plus âgés. Et c'est bien ce que j'ai fait de mieux. Somerset Maugham, quel âge a-t-il?

— Je n'en sais trop rien. Dans les soixante et quelques.

— Pas mal non plus. Je n'ai jamais couché avec un écrivain. Non. Attendez. Connaissez-vous Benny Shacklett? »

Elle fronça les sourcils lorsque je secouai négativement la tête.

« C'est drôle. Il a écrit des tas de choses pour la radio. Mais vous parlez d'un rat! Dites-moi, êtes-vous vraiment un écrivain?

— Ça dépend de ce que vous entendez par *vraiment?*

— Enfin, chéri, est-ce que quelqu'un *achète* ce que vous écrivez?

— Pas encore.

— Bon, eh bien je vais vous aider, dit-elle. Et je le peux. Pensez à tous les gens que je connais qui connaissent des gens. Je vais vous aider parce que vous ressemblez à mon frère Fred. Mais en plus petit. Je ne l'ai pas vu depuis que j'avais quatorze ans, c'est-à-dire quand j'ai quitté la maison et il avait déjà un mètre soixante-dix. Mes autres frères étaient plutôt de votre taille. Des avortons. C'est le beurre de cacahuète qui a tellement fait grandir Fred. Tout le monde pensait qu'il était cinglé de se bourrer comme ça de beurre de cacahuète. Mais il n'aimait rien tant sur terre que les chevaux et le beurre de cacahuète. Et il n'était pas cinglé du tout. Il était seulement gentil et vague et terriblement lent. Il renouvelait sa huitième depuis trois ans quand je me suis sauvée. Pauvre Fred. Je me demande si dans l'Armée ils sont généreux en beurre de cacahuète. Ce qui me fait penser que je meurs de faim. »

Je lui désignai un compotier de pommes et en même temps je lui demandai pourquoi, si jeune, elle avait quitté la maison paternelle. Elle me regarda d'un air neutre et se frotta le nez comme s'il la chatouillait, geste qu'à le voir souvent répété, je finis par interpréter comme une indication qu'on allait trop loin. Ainsi que beaucoup de personnes capables de vous faire hardiment des confidences intimes, tout ce qui ressemblait à une question directe ou à une mise en demeure la mettait sur ses gardes. Elle mordit dans une pomme et demanda :

« Racontez-moi quelque chose que vous avez écrit. Le côté " sujet ".

— Le malheur c'est que ce n'est pas le genre d'histoires qu'on peut raconter.

— C'est cochon?

— Peut-être que je vous laisserai en lire une un de ces jours..

— Le whisky et les pommes ça va bien ensemble. Préparez-moi un drink, chéri. Et puis vous pourrez me lire votre histoire vous-même. »

Très peu d'écrivains, surtout ceux qui ne sont pas publiés, peuvent résister à une demande de lecture à haute voix. Je nous préparai un verre pour chacun, et m'installant dans un fauteuil en face d'elle, je commençai à lui faire ma lecture d'une voix qui tremblait un peu, à la fois de trac théâtral et d'enthousiasme. C'était une histoire toute récente. Je l'avais terminée le jour précédent, et l'inévitable impression de ratage n'avait pas encore eu le temps de se développer. C'était l'histoire de deux femmes, deux professeurs, et l'une d'elles, quand l'autre décide de se marier, propage par des lettres anonymes un scandale qui fait échouer le mariage. Pendant que je lisais, chaque coup d'œil en direction de Holly me chavirait le cœur. Elle s'agitait, elle triait les bouts de cigarettes dans un cendrier, elle contemplait songeusement ses ongles comme si elle aspirait à une lime. Pis que tout, à un moment où je crus avoir capté son attention, une absence révélatrice passa dans son regard comme si elle se demandait si oui ou non elle achèterait une paire de souliers aperçue dans une vitrine.

« C'est ça la fin? » me demanda-t-elle, ranimée.

Elle se battit les flancs pour trouver une autre remarque. « En ce qui me concerne j'aime assez les lesbiennes. Elles ne me font pas peur, mais les histoires de lesbiennes me sortent par les oreilles. Je n'arrive pas à me mettre dans leurs souliers. Mais dites-moi la vérité, chéri, ajouta-t-elle en me voyant complètement effaré, si ça n'est pas une histoire de vieilles lesbiennes, qu'est-ce que c'est au juste? »

Je ne me sentais pas d'humeur à amalgamer l'erreur d'avoir entrepris ma lecture avec l'embarras additionnel de l'expliquer. La même vanité qui m'avait incité à une telle exhibition m'obligeait maintenant à la ravaler au niveau d'un épisode futile et sans portée.

« Et incidemment, fit Holly, connaîtriez-vous, par hasard, une gentille lesbienne? Je cherche une colocataire. Non. Ne riez pas. Je suis désordonnée et je ne peux absolument pas me payer une domestique. Et puis les lesbiennes sont vraiment épatantes dans une maison. Elles adorent faire tout le travail, vous n'avez jamais à vous occuper des balais, du dégivrage, ni d'envoyer le linge à la blanchisseuse. J'avais comme ça une camarade à Hollywood. Elle tournait dans les westerns. On l'appelait le Garde forestier solitaire. Mais je dois dire une chose en sa faveur. Elle valait mieux qu'un homme dans une maison. Bien entendu je ne pouvais pas empêcher les gens de penser que j'étais un brin lesbienne moi-même. Bien sûr que je le suis. On l'est toutes un petit peu. Et puis après? Ça n'a jamais découragé un homme. En fait je crois que ça les attirerait plutôt. Voyez mon Forestier solitaire. Elle s'est mariée deux fois. D'habitude les lesbiennes ne se marient

qu'une fois, juste pour le nom. Ça donne un tel
cachet plus tard de s'appeler Mme Une telle. Non!
Ce n'est pas possible! » Elle fixait le réveil posé sur
la table. « Il ne peut pas être 4 h 30. »

La fenêtre bleuissait. Une brise d'aurore querel-
lait les rideaux.

« Quel jour sommes-nous?

— Jeudi.

— *Jeudi!* » Elle se leva. « Mon Dieu! fit-elle, puis se
rassit avec un gémissement. C'est trop affreux! »

J'étais trop fatigué pour me montrer curieux.
Je m'étendis sur mon lit et fermai les yeux. Pourtant je ne pus résister.

« Qu'est-ce qu'il y a d'affreux dans un jeudi?

— Rien, sauf que je ne peux jamais me rappeler
quand ils rappliquent. C'est que, figurez-vous, le
jeudi il faut que j'attrape le 8 h 45. Ils sont tellement exigeants pour les heures de visite. De sorte
que si vous êtes là pour dix heures, ça vous donne
une heure avant que ces pauvres malheureux
déjeunent. Vous imaginez ça? Déjeuner à onze
heures? Vous pouvez aussi y aller à deux heures
et j'aimerais mieux ça, mais il préfère que je vienne
le matin. Il me dit que ça le remonte pour toute
la journée. Il va falloir que je reste éveillée, fit-elle
en se pinçant les joues, jusqu'à ce qu'elles rosissent.
Je n'ai plus le temps de dormir, j'aurais l'air d'une
tuberculeuse. Je m'en irais en morceaux comme
un H. B. M. et ça ne serait pas chic. Une fille
ne peut pas se montrer à Sing-Sing avec une figure
verte.

— Probablement pas! »

La colère qu'elle m'avait inspirée au moment

de ma lecture se résorbait. Holly recommençait
à me fasciner.

« Tous les visiteurs font un effort pour se mettre
sur leur trente et un et c'est gentil, c'est touchant
comme l'enfer, de voir la manière dont les femmes
portent ce qu'elles ont de plus joli; aussi bien les
vieilles que celles qui sont vraiment pauvres, elles
font tout ce qu'elles peuvent pour être bien mises,
pour sentir bon, et je les aime à cause de ça.
J'aime les gosses aussi, surtout ceux de couleur,
je veux dire les gosses que les femmes amènent.
Ça devrait être triste de voir des gosses là-bas. Mais
non. Ils ont des rubans dans les cheveux et du
cirage sur leurs chaussures. Vous pourriez croire
qu'on les emmène manger des glaces. D'ailleurs,
quelquefois la salle des visiteurs, on dirait une
fête. En tout cas, ça ne se passe pas comme dans
les films, tout en lugubres murmures à travers une
grille. Il n'y a pas la moindre grille, seulement un
comptoir entre vous et eux et les gosses peuvent
monter dessus pour être embrassés. Tout ce que
vous avez à faire si vous voulez embrasser quelqu'un, c'est de vous coucher en travers. Ce que
j'aime le mieux, c'est de les voir si heureux de se
retrouver. Ils ont emmagasiné tant de choses à se
dire et ce n'est pas possible de rester morose quand
ils n'arrêtent pas de rire et de se serrer les mains.
Après, c'est différent! ajoute-t-elle. Je les vois dans
le train. Ils sont assis tellement silencieux, regardant la rivière qui passe. » Elle tira une mèche de
cheveux jusqu'au coin de sa bouche et la mordilla
pensivement. « Je vous tiens éveillé! Allons, dormez.

— Non, excusez-moi. Ça m'intéresse.

— Je le vois bien. C'est pour ça que je voudrais que vous dormiez. Parce que si je continue je vous parlerai de Sally et je ne suis pas sûre que ça serait tout à fait loyal. »

Elle mâchait en silence sa mèche de cheveux.

« Ils ne m'ont jamais *dit* de ne le dire à personne. Du moins pas aussi clairement. Et c'est si drôle. Après tout, vous pourriez le mettre dans une histoire, en changeant les noms et le toutim. Écoutez-moi bien, Fred, continua-t-elle, attrapant une autre pomme, jurez-le-moi, croix sur le cœur en vous embrassant le coude. »

Les contorsionnistes peuvent peut-être embrasser leur coude. Elle dut se contenter d'une approximation.

« Eh bien voilà, dit-elle la bouche pleine de pomme, vous avez peut-être lu son affaire dans les journaux. Il s'appelle Sally Tomato et je parle certainement mieux yiddish qu'il ne parle anglais, mais c'est un adorable vieux type, terriblement pieux. Il aurait l'air d'un moine n'étaient ses dents en or. Il dit qu'il prie pour moi tous les soirs. Bien entendu il n'a jamais été mon amant et pour tout vous dire je n'ai fait sa connaissance que quand il était en tôle. Mais maintenant je l'adore. Après tout je vais le voir tous les jeudis depuis sept mois et je crois bien que je continuerais même s'il ne me payait pas pour ça. Celle-là est blette, dit-elle et envoya le reste de la pomme par la fenêtre. Évidemment je connaissais Sally de vue. Il avait l'habitude de venir au bar de Joe Bell, celui au coin de la rue. Il ne parlait jamais à personne, il était là simplement, juste le genre d'homme qui vit dans une chambre d'hôtel. Mais c'est drôle de s'en souvenir et de se rendre compte avec quelle attention il avait dû m'observer, parce que juste après qu'ils l'ont embarqué (Joe Bell m'avait montré son portrait dans le journal : *La Mafia de la Main noire,* tout ça du pur jargon, mais ils lui avaient collé cinq ans) j'ai reçu une dépêche d'un homme de loi. Il me demandait de me mettre en rapport avec lui immédiatement pour une affaire me concernant à mon avantage.

— Vous avez cru que quelqu'un vous avait laissé un million?

— Pas du tout. J'ai cru que c'était une histoire de factures, mais j'ai couru le risque et je suis allée voir cet homme de loi (à supposer que c'en soit un, car il ne semble pas avoir un cabinet de consultation, simplement un service d'abonnés absents, et il vous donne toujours ses rendez-vous au Paradis des Hamburgers, c'est pour ça qu'il est si gras, il peut avaler dix hamburgers, deux bols de sauce, et un pudding tout entier de meringue au citron). Il me demanda si ça me plairait de distraire un vieux bonhomme solitaire, et de gagner en même temps cent dollars par semaine. Je lui répondis : "Écoutez, mon mignon, vous vous trompez d'adresse, je ne suis pas ce genre de nourrice sèche. " Je n'étais pas non plus impressionnée par les honoraires. Vous pouvez vous faire ça en allant vous repoudrer aux lavabos. N'importe quel gentleman ayant un peu de classe vous donne toujours cinquante dollars pour aller aux lavabos, et comme je demande aussi le prix de mon taxi de retour, ça me fait encore cinquante dollars. Mais à ce moment, il m'expliqua que son client était Sally Tomato. Il me dit que le cher

vieux Sally m'avait longtemps admirée à distance,
et que par conséquent ce serait une bonne action si
j'allais lui rendre visite une fois par semaine. Du coup
je ne pouvais pas dire non. C'était trop romanesque!

— Peut-être, mais ça ne sonne pas très clair. »
Holly sourit. « Vous croyez que je vous raconte
une blague.

— Pour commencer, on ne laisse jamais *n'importe qui* visiter un prisonnier.

— Je le sais bien. Ils font même des chichis à n'en
plus finir. Je suis supposée être sa nièce.

— Et c'est aussi simple que ça? Et pour une heure
de conversation il vous donne cent dollars?

— Pas lui. Son homme de loi. Mr. O'Shaughnessy m'expédie l'argent en billets, aussitôt que je
lui ai communiqué les renseignements météoro-
logiques.

— Je crois que vous pourriez vous trouver un jour
dans un fameux pétrin », lui dis-je en éteignant
une lampe. On n'en avait plus besoin maintenant.
Le jour avait envahi la chambre et les pigeons se
gargarisaient sur l'échelle d'incendie.

« Comment ça? demanda-t-elle d'un ton sérieux.

— La loi prévoit certainement le cas des fausses
identités. Et après tout vous n'êtes *pas* sa nièce. Et
qu'est-ce que c'est que ces renseignements météo-
rologiques? »

Elle étouffa un bâillement. « Mais rien. Juste
des communications que je laisse à la boîte postale
de façon que Mr. O'Shaughnessy sache bien que je
suis allée là-bas. Sally me dit ce qu'il faut dire.
Des trucs comme ça par exemple : " Il y a un ouragan à Cuba ", ou " Il neige à Palerme! " Ne vous

en faites pas, chéri, ajouta-t-elle en allant vers le lit. Il y a beau jour que je sais veiller sur moi. » La lumière du matin semblait se réfracter à travers elle, et comme elle remontait les couvertures jusqu'à mon menton elle brillait comme un enfant de verre. Puis elle s'allongea près de moi. « Ça ne vous ennuie pas? Je voudrais seulement me reposer un moment. Aussi pas un mot de plus. Dormez. »

Je fis semblant. Je me composai une respiration lourde et régulière. Les cloches dans le clocher de l'église contiguë sonnèrent la demi-heure puis l'heure. A six heures, elle posa la main sur mon bras, une touche légère, attentive à ne pas me réveiller. « Pauvre Fred! » murmura-t-elle et l'on eût dit qu'elle s'adressait à moi, mais il n'en était rien. « Où es-tu, Fred? Parce qu'il fait froid. Il y a de la neige dans l'air. » Sa joue vint s'appuyer contre mon épaule. Un poids humide et chaud.

« Pourquoi pleurez-vous? »

Elle se rejeta en arrière, se redressa. « Oh! pour l'amour du Ciel! fit-elle, se dirigeant vers la fenêtre et l'échelle d'incendie. Je déteste les curieux! »

Le jour suivant, vendredi, je trouvai à ma porte, en rentrant chez moi, un panier de fruits exotiques de grand luxe, de la maison Charles and Co, avec la carte de Miss Holiday Golightly, voyageuse, et griffonnée au dos, d'une écriture de classe enfantine, hésitante et biscornue : « Que Dieu te bénisse, Fred chéri. Pardonne-moi la nuit dernière. Tu as été un ange d'un bout à l'autre. Mille tendresses Holly. P.S. Je ne t'ennuierai plus. »

Je répondis : « Si, ennuyez-moi! » et laissai le billet à sa porte avec la seule chose que je fusse en mesure d'offrir, un gros bouquet de violettes acheté dans la rue. Mais apparemment elle ne m'avait pas menti. Je ne la revis ni ne l'entendis, et je compris qu'elle s'était amendée au point d'obtenir une clef pour la porte d'entrée. En tout cas, elle ne tirait plus sur ma sonnette. Cela me manqua. Et comme les jours passaient je commençai à éprouver, à son égard, un certain laborieux ressentiment comme si j'étais abandonné par le meilleur de mes amis. Un malaise de solitude pénétra dans ma vie, mais sans me faire languir pour des amitiés plus anciennes, qui désormais me semblaient insipides. Dès le mercredi, la pensée de Holly, de Sing-Sing, de Sally Tomato, et de cet univers où les messieurs déboursent cinquante dollars pour la toilette des dames, devenait si obsédante que je ne pouvais travailler. Ce soir-là, je laissai un message dans la boîte aux lettres de Holly : « C'est demain jeudi! » Le matin suivant me récompensa par un gribouillage familier. « Merci de me l'avoir rappelé. Peux-tu monter pour un verre, ce soir vers les six heures? »

J'attendis jusqu'à six heures dix et m'obligeai à m'attarder cinq minutes de plus.

Un personnage m'ouvrit la porte. Il sentait le cigare et l'eau de Cologne de Knizé. Ses souliers s'ornaient de talonnettes surélevées et sans ces centimètres supplémentaires on aurait pu penser qu'il appartenait au *Petit Peuple*. Il avait la grosse tête chauve au crâne tavelé des nains, à laquelle s'attachait une paire d'oreilles d'elfe, pointues. Ses yeux de pékinois, insensibles, saillaient légèrement. Des pinceaux de poils sortaient de ses oreilles, de son nez; et ses mâchoires grisonnaient d'une barbe d'après-midi. Sa poignée de main était comme feutrée.

« La petite est sous la douche », dit-il, désignant de son cigare un bruit d'eau qui sifflait dans une pièce voisine. La pièce dans laquelle nous nous tenions debout parce qu'elle ne comportait rien pour s'asseoir donnait l'impression que l'on venait tout juste d'y emménager. On s'attendait à y respirer une odeur de peinture fraîche. Des valises et des caisses d'emballage vides en constituaient le seul mobilier. Les caisses servaient de tables, l'une pour préparer les martinis, l'autre pour une lampe, un tourne-disque portatif, un téléphone, le chat écaillé de Holly, et une coupe de roses jaunes. Des casiers à livres couvrant un mur prétendaient à un demi-rayonnage de littérature. Telle quelle, la pièce m'enchanta. J'aimais son air de fuite à la cloche de bois.

Le personnage se racla la gorge. « On vous attend? »

Il trouva du vague à mon acquiescement. Ses yeux froids opérèrent sur moi une série d'explorations précises, incisives. « Des tas de gens viennent ici qui ne sont pas attendus. Il y a longtemps que vous connaissez la petite?

— Non, pas très.

— En somme vous ne connaissez pas la petite depuis très longtemps?

— J'habite au-dessus. »

La réponse parut lui en apprendre assez pour le détendre.

« Vous avez la même disposition?

— En beaucoup plus petit. »

Il secoua sa cendre sur le parquet. « Ici, c'est un dépotoir. A ne pas croire! Mais cette gosse elle ne

sait pas comment se débrouiller, même quand elle
a du fric. » Son élocution évoquait le débit saccadé,
métallique d'un télétype. « Et là-dessus, dit-il,
qu'est-ce que vous croyez? L'est-elle ou ne l'est-elle
pas?

— Pas quoi?

— Une truqueuse.

— Je n'y aurais pas pensé.

— Eh bien, vous vous trompez. C'est une truqueuse. Mais d'un autre côté vous avez raison. Ce
n'est pas une truqueuse parce que dans sa truque-
rie même, elle est vraie. Elle croit à toutes ces
ordures auxquelles elle croit. Vous ne pouvez pas la
sortir de là. J'ai essayé jusqu'à ce que les larmes
me coulent sur les joues. Benny Polan qui est respecté partout, Benny Polan lui-même a essayé.
Benny avait dans l'idée de l'épouser, mais elle n'a
pas marché. Benny a dépensé des millions pour
l'envoyer à des peigne-cerveaux. Même le plus
fameux, celui qui ne parle qu'allemand, eh bien
mon gars, il a jeté l'éponge. Vous ne pouvez pas
— il serra le poing comme pour écrabouiller l'in-
tangible — arriver à la faire sortir de ses idées.
Essayez un peu pour voir! Demandez-lui de vous
raconter quelques-unes des sornettes auxquelles
elle croit. Mais mettez-vous bien dans la tête, fit-il,
que j'aime cette gosse. Tout le monde l'aime mais il
y en a des tas qui ne l'aiment pas. Mais oui. Sincèrement, je l'aime. C'est parce que je suis sentimental.
Il faut être sentimental pour l'apprécier, être un
brin poète. Mais je vais vous dire la vérité. Vous
pouvez vous casser la tête pour elle, et elle vous
rendra du crottin de cheval sur un plateau. Pour

vous donner un exemple. Qu'est-ce qu'elle est, telle
que vous la voyez aujourd'hui? Exactement le genre
de filles dont on apprend qu'elles ont fini au fond
d'un flacon de barbituriques. Je l'ai constaté plus
de fois que vous n'avez d'orteils. Et ces filles
n'étaient même pas toquées. Elle, elle l'est.

— Mais jeune et avec beaucoup de jeunesse encore
devant elle.

— Si vous voulez dire beaucoup d'avenir, vous
vous trompez encore. Bien sûr, il y a deux ans,
là-bas, sur la Côte, il y a eu un temps où ça aurait
pu être différent. Il y avait quelque chose en elle.
Elle intéressait les gens, elle aurait pu vraiment se
marier. Mais quand vous lâchez un truc come ça,
vous ne pouvez plus revenir en arrière. Demandez à
Luise Rainer. Et Luise Rainer était une star! Bien
sûr Holly n'était pas une star. Elle n'était jamais
sortie du stage photographique. Mais c'était avant :
L'Odyssée du docteur Wassell. A ce moment-là elle
aurait pu démarrer sérieusement. Je le sais, voyez-
vous, parce que je suis le type qui allait la lancer. »
Il se désigna de son cigare. « Moi. O. J. Berman. »

Il s'attendait à ce que je dise quelque chose et
je n'aurais pas mieux demandé que de lui être
agréable, sauf que je n'avais jamais entendu parler
de O. J. Berman. Il s'avéra qu'il était agent théâtral à Hollywood.

« Je suis le premier à l'avoir repérée. Là-bas à
Santa Anita. Guettant sa chance jour après jour.
Professionnellement, elle m'intéresse. J'apprends
qu'elle est la régulière d'un jockey, et qu'elle vit
avec cette crevette. Je fais dire au Jules de laisser
tomber s'il ne tient pas à avoir une petite conversa-

tion avec la brigade des mœurs, parce qu'enfin la
gamine a quinze ans. Mais elle a du style, elle est
au poil, on la remarque. Même si elle porte des
lunettes épaisses comme ça; même quand elle ouvre
la bouche et que vous ne savez pas si c'est une fille
de ferme ou une clocharde, ou quoi. Mon avis, c'est
que personne ne saura jamais d'où elle est sortie.
C'est une si sacrée menteuse. C'est possible qu'elle
ne s'en souvienne plus elle-même. Mais il nous a
fallu un an pour lui raboter son accent. Comment
nous y sommes arrivés? En lui donnant des leçons
de français. Après qu'elle eut réussi à imiter le français, ça n'a pas été tellement long pour qu'elle réussisse à imiter l'anglais. Nous l'avons modelée dans
le style Margaret Sullavan mais elle disposait de
quelques petites courbes bien à elle. De quoi intéresser les gens. Des gros, et pour couronner le tout,
Benny Polan, un type respecté, et qui veut l'épouser.
Qu'est-ce qu'un agent théâtral peut demander de
plus? Et puis vlan! *L'Odyssée du docteur Wassell.*
Vous imaginez le film? Cecil B. de Mille. Gary Coo-
per. Seigneur! Je me décarcasse. Tout est prêt. On
va lui faire faire un bout d'essai pour l'infirmière
du docteur Wassell. Pour une de ses infirmières du
moins. Et puis vlan! Le téléphone sonne... » Il
décrocha un téléphone imaginaire, l'approcha de
son oreille. « Elle me dit : " Ici, Holly! " Je dis :
" Chérie, tu as l'air de me téléphoner de loin. — De
New York ", qu'elle dit. " Enfer et damnation ",
que je dis. " Et qu'est-ce que tu peux bien f... à
New York alors que c'est aujourd'hui dimanche et
que tu fais un essai ici demain? " Elle dit : " Je suis à
New York parce que je ne suis jamais venue encore à

New York! " Je dis : " Embarque-toi sur un avion
et rapplique tout de suite. " Elle dit : " J'en ai pas
envie. " Je dis : " Qu'est-ce qui te prend, poupée? "
Elle dit : " Il faut avoir envie d'une chose pour
qu'elle réussisse, et j'en ai pas envie. " Je dis : " Mais
bon sang, de quoi as-tu envie? — Quand je le saurai,
qu'elle dit, vous en serez le premier informé! "
Vous comprenez maintenant ce que je veux dire?
Du crottin sur un plateau. »

Le chat rouquin sauta de sa caisse et vint se frot-
ter contre sa jambe. Il cueillit le chat du bout de son
soulier et l'envoya dinguer, ce qui était dégoûtant
de sa part, sauf qu'il ne pensait pas au chat mais à
ses propres griefs.

« Voilà ce qui lui plaît! dit-il en écartant les bras.
Un tas de zigotos qu'on n'attend pas. Et vivre de
pourboires. Et courir à droite et à gauche avec des
pochards. Il ne lui reste plus qu'à épouser Rusty
Trawler. Du coup elle décrochera la timbale. »

Il attendit, l'air furieux.

« Excusez-moi, mais qui est ce Mr. Trawler?
— Vous ne connaissez pas Rusty Trawler? Alors
vous ne pouvez pas savoir grand-chose de la gosse.
Sale affaire, fit-il avec un gloussement de langue
dans sa grosse tête. J'espérais que peut-être vous
auriez de l'influence sur elle. Que vous pourriez
remettre les choses au point avant qu'il soit trop
tard.
— D'après vous, ce serait déjà trop tard? »

Il souffla un rond de fumée et le laissa s'éva-
nouir avant de sourire. Ce sourire altéra son visage,
y fit apparaître une sorte de douceur. « Je pourrais
remettre les choses en train, comme je vous l'ai

expliqué », dit-il. Et cette fois cela sonnait vrai.
« J'aime sincèrement cette gosse.

— Quels scandales êtes-vous en train de propa-
ger, O. J.? » Holly entrait pataugeante dans la
pièce, une serviette plus ou moins enroulée autour
d'elle et ses pieds mouillés imprimant des marques
ruisselantes sur le parquet.

« Les mêmes. Je dis que tu es cinglée.

— Fred le sait déjà.

— Mais pas toi.

— Allume-moi une cigarette, chéri, dit-elle, arra-
chant son bonnet de bain et secouant ses cheveux.
Non pas toi, O. J., tu es trop baveux. Tu fais une
lippe de Nègre. »

Elle cueillit le chat et le flanqua sur son épaule.
Il s'y percha avec une adresse d'oiseau, emmêlant
de ses griffes sa chevelure comme s'il tricotait, et
cependant, en dépit de cet aimable comportement,
c'était un chat rébarbatif doté d'une gueule assas-
sine de pirate. Un de ses yeux, bleuâtre, était
aveugle, l'autre étincelait de sauvages desseins.

« O. J. est baveux, me dit Holly, prenant la
cigarette que j'avais allumée, mais il connaît un
nombre inouï de numéros de téléphone. Quel
est le numéro de David O. Selznik, O. J.?

— Ça va!

— Mais ce n'est pas une plaisanterie, chéri. Je
voudrais que tu l'appelles pour lui dire à quel point
Fred est un génie. Il a écrit des tonnes d'histoires
sensationnelles. Voyons, ne rougis pas, Fred. Ce
n'est pas toi qui dis que tu as du génie. C'est moi.
Allons, O. J., qu'est-ce que tu vas faire pour que
Fred gagne des sommes folles?

— Et si tu me laissais arranger ça avec Fred?

— Rappelle-toi, dit-elle en nous quittant. C'est moi son agent. Autre chose : Si je hurle venez m'aider avec ma fermeture Éclair. Et si des gens arrivent, faites-les entrer. »

Il en vint une multitude. Dans le temps du quart d'heure qui suivit, une troupe de messieurs seuls, dont plusieurs éléments étaient en uniforme, avait envahi l'appartement. Je comptai deux officiers de marine et un colonel d'aviation; mais ils furent dépassés en nombre par de nouveaux arrivants à tête grisonnante ayant dépassé la limite d'âge. A part leur absence de jeunesse, les invités n'avaient rien en commun. C'étaient des étrangers parmi des étrangers. En fait, chaque visage en entrant luttait pour dissimuler son dépit à la vue des autres visages. C'était comme si l'hôtesse avait distribué ses invitations au hasard de zigzags à travers des bars variés, ce qui était probablement le cas. Toutefois, après les froncements de sourcils du début, ils se mêlèrent les uns aux autres sans grogner, surtout O. J. Berman qui exploita avec ardeur la situation afin d'éviter de supputer avec moi mes chances d'avenir à Hollywood. On m'abandonna aux bibliothèques dont plus de la moitié des ouvrages avait trait aux chevaux et le reste au baseball. Le vif intérêt que je feignis pour *Le cheval et comment en parler* me procura des occasions personnelles suffisantes pour étudier les amis de Holly.

Un de ceux-là bientôt se détacha des autres. C'était un enfant d'une cinquantaine d'années qui n'avait jamais éliminé sa graisse de bébé, bien qu'un tailleur de génie eût à peu près réussi à camoufler un derrière rebondi qui appelait les fessées. Pas le moindre soupçon d'ossature dans son individu; sur le zéro de son visage s'inscrivaient de jolis traits en miniature, d'une qualité intouchée, vierge; c'était comme si, après sa naissance, il s'était élargi, sa peau demeurant aussi lisse qu'un ballon gonflé, et sa bouche, bien que prête aux braillements et aux caprices, plissée en une moue doucement boudeuse. Mais ce n'était pas cet aspect physique qui attirait l'attention. Les enfants attardés ne sont pas si rares. C'était plutôt sa manière d'être, car il se conduisait comme s'il s'agissait d'une réception donnée par lui. Telle une pieuvre énergique, il secouait les martinis, présentait les gens les uns aux autres, faisait marcher le phonographe. A dire vrai, la plupart de ces activités lui étaient dictées par la maîtresse de maison elle-même. « Rusty, si ça ne vous gênait pas », « Rusty, s'il vous plaît, si vous pouviez... ». S'il était amoureux d'elle, il était clair qu'il maîtrisait sa jalousie. Un homme jaloux aurait pu perdre tout contrôle de lui-même à la regarder, tandis qu'elle circulait légèrement à travers la pièce, tenant le chat d'une main pour permettre à l'autre de rectifier une cravate ou d'épousseter un revers. Le colonel d'aviation portait une médaille qui lui valut d'être longuement fourbie.

Le nom du personnage bizarre était Rutherfurd (« Rusty ») Trawler. En 1908 il avait perdu simultanément ses parents; son père tué par un anarchiste, et sa mère par le choc, laquelle double infortune avait fait de Rusty, à l'âge de cinq ans, un orphelin, un milliardaire, et une célébrité. Depuis, il avait été la providence de tous les « sup-

pléments » du dimanche, un état de choses qui
s'était dilaté dans des proportions cycloniques
lorsque étant encore en classe il avait fait arrêter
son tuteur et parrain en l'accusant de sodomie.
Après cela, ses mariages et divorces l'avaient main-
tenu en permanence dans les colonnes de ragots
scandaleux. Sa première femme avait honoré de
ses affections et de sa pension alimentaire un émule
du *Father Divine*. La seconde s'était effacée sans
histoire. Mais la troisième l'avait poursuivi en
justice avec une pleine sacoche de motifs percu-
tants. Il s'était séparé lui-même de cette dernière
Mrs. Trawler, son grief principal étant qu'elle avait
déclenché une mutinerie à bord de son yacht, ladite
mutinerie ayant eu pour résultat de le faire dépo-
ser sur les Dry Tortugas. Bien que depuis il fût
resté célibataire, il avait apparemment avant la
guerre proposé le mariage à Unity Mitford, du
moins le soupçonnait-on de lui avoir câblé cette
offre au cas où Hitler ne se déciderait pas. C'était
— le supposait-on — la raison pour laquelle *Winchell* persistait à le traiter de nazi. Cela, et le fait
qu'il suivait les rallyes de Yorkville.

On ne me raconta pas ces choses. Je les lus dans le
Guide du baseball, une autre sélection empruntée
à la bibliothèque de Holly et qu'elle semblait uti-
liser comme scrapbook. Glissés entre les pages, on
y trouvait des extraits de la presse du dimanche,
mêlés à des échos découpés aux ciseaux dans les
rubriques de potins. « Rusty Trawler et Holly
Golightly assistaient ensemble à la présentation
de *Une touche de Vénus.* » Holly arrivant derrière
moi me surprit en train de lire : « Miss Holiday

Golightly, des Golightly de Boston, fait de chaque jour un jour de vacances pour " 22 carats Rusty Trawler ". »

— Admirez-vous ma publicité, ou bien êtes-vous un fanatique du baseball? » me demanda-t-elle, ajustant ses lunettes noires tandis qu'elle regardait par-dessus mon épaule.

Je lui demandai : « Quel était le rapport météorologique de cette semaine? »

Elle me fit un clin d'œil mais sans joie, plutôt d'avertissement. « Je suis pour les chevaux mais le baseball m'écœure », dit-elle, et le message sous-entendu dans sa voix me priait implicitement d'oublier qu'elle m'eût jamais parlé de Sally Tomato. « J'en hais même le bruit à la radio, mais je me force à l'écouter, cela fait partie de mes études. Il y a si peu de choses dont les hommes puissent parler. Si un homme n'aime pas le baseball, alors il faut qu'il aime les chevaux, et s'il n'aime ni l'un ni l'autre eh bien je suis quand même dans le pétrin, il n'aime pas les filles non plus. Et où en êtes-vous avec O. J.? »

— Nous nous sommes séparés par consentement mutuel

— Il représente une chance, croyez-moi!

— Je vous crois, mais qu'est-ce que j'ai à lui offrir moi qu'il puisse considérer comme une chance? »

Elle insista. « Allez le trouver et donnez-lui l'impression qu'il n'a pas l'air d'un comique. Il peut vraiment vous aider, Fred.

— J'ai dans l'idée que vous ne l'avez pas tellement apprécié vous-même. »

Elle parut surprise jusqu'à ce que je mentionne *L'Odyssée du docteur Wassell.*

« Ça le tracasse encore? fit-elle jetant à travers la pièce un regard affectueux à Berman. Mais il a raison sur un point. Je *devrais* me sentir coupable. Non pas parce qu'ils m'auraient donné le rôle ou parce que j'y aurais été bonne. Ils ne l'auraient pas fait et je ne l'aurais pas été. Non, si je me sens coupable, c'est parce que je l'ai laissé rêver là-dessus alors que je n'y rêvais pas du tout. Je me fiais seulement au temps pour arranger les choses. Je savais fichtrement bien que je ne serais jamais une star de cinéma. C'est trop difficile et si vous êtes intelligente c'est trop gênant. Mes complexes ne sont pas assez inférieurs. Être une star et posséder une forte personnalité on pourrait croire que ça marche ensemble. En fait, c'est essentiel de ne pas avoir de personnalité du tout. Je ne veux pas dire que ça m'embêterait d'être riche et célèbre. C'est même inscrit sur mon programme et un de ces jours j'essaierai d'y arriver. Mais si j'y arrive c'est à condition que ma personnalité me suive. Je veux être encore moi-même quand je m'éveillerai un beau matin pour prendre mon petit déjeuner chez Tiffany. Vous n'avez rien à boire, ajouta-t-elle en voyant mes mains vides. Rusty, voudriez-vous apporter un verre à mon ami? »

Elle continuait à bercer le chat. « Pauvre baveux, dit-elle en lui grattant le crâne, pauvre baveux sans nom. C'est un peu gênant qu'il n'ait pas de nom, mais je n'ai pas le droit de lui en donner un. Il faudra qu'il attende jusqu'à ce qu'il *appartienne* à quelqu'un. On s'est rencontrés près de la rivière, un jour, mais nous ne nous appartenons pas. C'est un indépendant et moi aussi. Je ne veux rien avoir à

moi jusqu'à ce que je trouve l'endroit où moi et les
choses on pourra s'appartenir. Je ne sais pas encore
très bien où ce sera. Mais je sais ce que ça sera. »
Elle sourit et laissa glisser le chat sur le parquet.
« C'est comme pour Tiffany, dit-elle. Ça n'est pas
que je tienne le moins du monde aux bijoux. Les
diamants, oui. Mais ça vous colle aux doigts de porter des diamants avant que vous ayez quarante ans.
Et même après, c'est risqué. Ils ne sont vraiment
à leur place que sur les bonnes femmes vraiment
vieilles. Maria Ouspenskaya. Des os, des rides, des
cheveux blancs, des diams. Je ne peux pas attendre.
Mais ce n'est pas pour ça que Tiffany me rend folle.
Écoutez. Vous savez ces jours où vous êtes dans le
cirage?

— Autrement dit le cafard?

— Non, fit-elle méditativement. Le cafard c'est
quand vous craignez d'engraisser ou quand il a plu
trop longtemps. Ça vous rend triste, c'est tout. Mais le
cirage, c'est horrible. Vous avez peur, vous suez d'angoisse, mais vous ne savez pas de quoi vous avez peur.
Sauf que quelque chose d'horrible va vous arriver
mais vous ne savez pas quoi. Vous avez déjà eu ça?

— Très souvent. Il y a des gens qui appellent ça
l'*angst*.

— Très bien. Va pour l'*angst*. Mais qu'est-ce que
vous devenez dans ce cas-là?

— Un verre ne fait pas de mal.

— J'ai essayé. J'ai aussi essayé l'aspirine. Rusty
pense que je devrais fumer de la marijuana, et je
l'ai fait un bout de temps, mais ça me donnait seulement la danse de Saint-Guy. Ce que j'ai trouvé de
mieux c'était de prendre un taxi et d'aller chez

Tiffany. Ça, ça me calme immédiatement. La sérénité, l'air de supériorité. On a le sentiment que rien
de très mauvais ne pourrait vous atteindre là, avec
tous ces vendeurs aimables et si bien habillés. Et
cette merveilleuse odeur d'argenterie et de sacs en
crocodile. Si je pouvais trouver dans la vie un
endroit qui me procure la même impression que
Tiffany, alors j'achèterais quelques meubles et je
baptiserais le chat. Je me dis que peut-être, après la
guerre, Fred et moi... » Elle releva ses lunettes
noires et ses yeux avec leurs différentes couleurs, le
gris, les traînées de bleu et de vert, prirent une
expression d'acuité visionnaire. « Une fois je suis
allée à Mexico. C'est un pays merveilleux pour l'éle-
vage des chevaux. J'ai vu un endroit au bord de la
mer. Fred s'y connaît bien en chevaux. »

Rusty Trawler arriva portant un martini. Il le lui
tendit sans regarder de mon côté. « J'ai faim »,
déclara-t-il. Sa voix, aussi attardée que le reste de
sa personne, et l'exaspérante pleurnicherie de cette
voix d'enfant semblait incriminer Holly. « Il est
sept heures trente, et j'ai faim. Vous savez ce que dit
le médecin?

— Oui, Rusty. Je sais ce que dit le médecin.

— Alors, arrêtez les frais et allons-nous-en.

— Je vous prie de vous conduire convenablement,
Rusty. » Elle parlait doucement mais comme une
gouvernante, avec une menace de punition dans sa
voix qui colora le visage de Rusty, d'une rougeur
bizarre de plaisir et de gratitude.

« Vous ne m'aimez pas, se plaignit-il comme s'ils
étaient seuls.

— Personne n'aime qu'on soit un vilain. »

De toute évidence, elle lui avait dit ce qu'il voulait entendre et qui semblait à la fois le détendre et l'exciter. Cependant il poursuivit comme si c'était un rite : « M'aimez-vous ? » Elle lui tapota l'épaule. « Occupez-vous de vos devoirs domestiques, Rusty. Et quand je serai prête nous irons dîner où vous voudrez.

— Au restaurant chinois ?

— Ce qui ne veut pas dire des sucreries ni des côtes de porc à l'aigre. Vous savez ce que le médecin vous a dit. »

Comme il repartait d'un trot sémillant vers ses devoirs je ne pus m'empêcher de faire remarquer à Holly qu'elle n'avait pas répondu à sa question : « L'aimez-vous ? »

« Je vous ai dit que vous pouviez vous persuader à vous-même d'aimer n'importe qui. D'ailleurs, il a eu une enfance sinistre.

— Si elle était sinistre, pourquoi s'y cramponne-t-il ?

— Réfléchissez. Vous ne voyez donc pas que Rusty se sent plus protégé par des langes qu'il ne l'est par sa chemise ? Il n'a vraiment pas d'autre choix, seulement il est terriblement susceptible sur le sujet. Une fois, il a essayé de me poignarder avec un couteau à beurre, parce que je lui conseillais de grandir, de regarder la vérité en face, et de s'installer en ménage avec un brave et paternel conducteur de camion. En attendant, je l'ai sur les bras. D'ailleurs c'est très bien. Il est inoffensif. Il est persuadé que les filles sont des poupées.

— Dieu merci !

— Si tous les hommes pensaient de la même façon, je ne me vois pas remerciant le Bon Dieu.

— Ce que je voulais dire, c'est que, Dieu merci, vous n'allez pas épouser Mr. Trawler. »

Elle haussa un sourcil. « A propos, je ne prétends pas ignorer qu'il est riche. Même au Mexique, les terrains représentent quelque chose. Et maintenant, fit-elle en me poussant en avant, essayons de rattraper O. J. »

Je résistai, cherchant dans mon esprit une chance d'ajournement. Puis je me souvins.

« Pourquoi voyageuse de commerce?

— Sur ma carte? fit-elle, déconcertée. Vous trouvez que c'est drôle?

— Non, pas drôle. Une sorte de provocation. »

Elle haussa les épaules. « Après tout, est-ce que je sais où je serai demain? Alors je leur ai dit de mettre voyageuse... De toute façon, c'était une perte d'argent de commander ces cartes de visite. Sauf que j'avais l'impression qu'il fallait leur commander un petit quelque chose. Elles viennent de chez Tiffany. » Elle attrapa mon martini auquel je n'avais pas touché, vida le verre en deux gorgées et me prit par la main. « Assez de délais. Vous allez faire ami-ami avec O. J. »

A ce moment il se passa quelque chose à la porte. C'était une jeune femme qui entrait en coup de vent dans un tourbillon d'écharpes et de tintements de joaillerie. « Ho... Ho... Holly, dit-elle, pointant espièglement un doigt dans sa direction tout en avançant dans la pièce; espèce de sale petite accapareuse, monopolisant tous ces hommes merveilleux... »

Elle était grande, plus de six pieds de haut, plus grande que la plupart des invités présents. Ils redressèrent leur colonne vertébrale, en effaçant leur ventre. Ce fut un véritable concours pour rivaliser de taille avec elle.

Holly demanda : « Qu'est-ce que vous venez faire ici? » Ses lèvres étaient tendues comme par une corde.

« Eh bien ri... rien, mon trésor. J'étais là-haut posant pour Yunioshi, des t... trucs de Noël pour le Harpers B...Ba...Bazaar. Mais tu n'as pas l'air contente de me voir, chérie. » Elle sourit à la ronde. « Et vous, les garçons, vous m'en voulez de m'introduire comme ça dans cette p...petite fête? »

Rusty Trawler émit un petit rire, lui serra le bras comme pour admirer ses muscles, et lui demanda ce qu'elle penserait d'un verre

« Rien que du bien, dit-elle. Remplissez-le de bourbon.

— Il n'y en a pas! » dit Holly, sur quoi le colonel d'aviation proposa de courir en chercher une bouteille.

« Oh! mais vraiment, pour rien au monde je ne voudrais causer de l'embarras! L'ammoniaque me ferait autant de plaisir. Holly chérie (elle l'écarta légèrement), ne t'en fais pas pour moi. Je peux me présenter toute seule. » Elle se pencha au-dessus de O. J. Berman qui, semblable à tous les petits hommes en présence d'une grande femme, était comme embrumé de convoitise. « Je suis Mag W... W... Wildwood, de Wildwood, dans l'Arkansas. C'est une région de collines. »

Cela ressemblait à une danse, Berman esquissant un pas de fantaisie pour empêcher ses rivaux d'approcher. Il la perdit au bénéfice d'un quatuor

de copains qui avalèrent les bégayantes facéties
de Mag comme des pigeons gobant du maïs. On
comprenait son succès. Une victoire remportée sur
la laideur est parfois plus fascinante qu'une authen-
tique beauté, ne serait-ce que parce qu'elle comporte
un paradoxe. En l'occurrence, contrastant avec une
méthode scrupuleuse de simple bon goût et de soins
qualifiés, l'effet de séduction était obtenu par une
exagération des défauts. Mag les avait rendus déco-
ratifs en les admettant hardiment. Des talons si
hauts qu'ils faisaient vaciller ses chevilles accen-
tuaient sa hauteur; un corsage serré sur sa gorge
plate suggérait qu'elle pût se baigner sur une plage
en maillot d'homme; des cheveux tirés en arrière
accusaient la siccité, l'émaciation de son visage de
modèle pour modes. Même son bégaiement, authen-
tique au départ mais quelque peu accentué, tournait
à son avantage. C'était un coup de maître, ce bégaiement, car il contribuait à donner un air d'origina-
lité à la banalité de ses propos. Et d'autre part, en
dépit de sa taille et de son assurance, il aidait à
inspirer aux auditeurs masculins un sentiment
protecteur. C'est ainsi qu'il fallut donner un coup
de poing dans le dos de Berman, simplement parce
que sur sa demande : « Est-ce que quelqu'un peut
me d...dire où sont les W.-C. ? » il se préparait, fidèle
à la tradition, à lui offrir le bras pour l'y conduire.

« Pas le peine, dit Holly. Elle sait où c'est. Elle
y a déjà été. » Elle vidait les cendriers, et quand
Mag Wildwood eut quitté la pièce, elle en vida
encore un, et dit, ou plutôt soupira : « C'est vraiment très triste... » Puis elle se tut assez longtemps
pour évaluer le nombre des physionomies intriguées

et le juger suffisant. « Et si mystérieux! Cela devrait
se voir davantage. Dieu sait pourtant qu'elle a l'air
en bonne santé, enfin *sain!* C'est ça le plus extra-
ordinaire. N'est-ce pas (elle demandait cela d'un
air préoccupé, mais sans s'adresser plus particulièrement à quelqu'un) que vous diriez qu'elle a l'air
sain? »

Quelqu'un toussa, d'autres avalèrent leur salive.
Un officier de marine qui tenait le verre de Mag
Wildwood le posa.

« Il est vrai, dit Holly, du moins je me suis laissé
dire, que beaucoup de ces filles du Sud souffrent
de la même affliction. »

Elle frissonna délicatement et s'en fut à la cuisine
chercher de la glace.

Mag Wildwood ne parvint pas à comprendre,
quand elle revint, le brusque changement de tem-
pérature. Les conversations qu'elle amorçait se
comportaient comme du bois vert qui fume sans
s'allumer. Plus impardonnable que tout, les messieurs s'en allaient sans lui demander son numéro
de téléphone. Le colonel d'aviation décampa pendant qu'elle avait le dos tourné, et cette goutte
d'eau fit déborder le vase. Il l'avait invitée à dîner.
Brusquement elle fut ivre. Et le gin agissant sur
les artifices comme le mascara sur les larmes, ses
attraits s'en allèrent à la débandade. Elle s'en prit
à tout le monde. Elle traita son hôtesse de dégéné-
rée des studios. Elle provoqua à la lutte un quin-
quagénaire. Elle déclara à Berman qu'Hitler avait
raison. Elle rendit Rusty Trawler fou de joie en
le poussant dans un coin à la force du poignet.
« Savez-vous ce qui va vous arriver? lui demanda-

t-elle sans l'ombre d'un bégaiement. Je vais vous
traîner au Zoo et vous donner en pâtée au yak. »
Il acquiesçait déjà, mais elle le déçut en glissant
par terre où elle resta assise en chantonnant.

« Vous embêtez tout le monde; relevez-vous »,
lui intima Holly en enfilant ses gants. Le reste des
invités attendait à la porte et comme l'enquiqui-
neuse ne bougeait pas, Holly me jeta un regard
d'excuse. « Soyez un ange, voulez-vous, Fred.
Mettez-la dans un taxi. Elle habite au Winslow.

— Pas du tout. J'habite au Barbizon, Regent
4-5700. Demandez Mag Wildwood.

— Fred, vous êtes un ange! »

Ils s'en furent. La perspective d'enfourner une
amazone dans un taxi domina tout ce que je pouvais
éprouver comme ressentiment. Mais elle résolut
elle-même le problème. Se levant de sa propre
initiative, elle me fixa du haut de sa chancelante
hauteur. Elle dit : « Allons-y, Cigogne. Attrapons
le ballon gagnant! » puis s'abattit de tout son long
comme un chêne sous la hache. Ma première pensée
fut de courir chercher un docteur, mais à l'examen
son pouls se révéla excellent et sa respiration régulière. Elle n'était qu'endormie. Après avoir trouvé
un oreiller pour sa tête, je la laissai en profiter.

L'après-midi suivant je me cognai à Holly dans
l'escalier. « Oh! vous! fit-elle passant en toute hâte,
un paquet de pharmacie sous le bras. La voilà maintenant à deux doigts d'une pneumonie et pour moi
la gueule de bois et le cafard par-dessus le marché! »
Je déduisis de ce discours que Mag Wildwood était

encore dans l'appartement, mais Holly ne me donna aucune occasion de vérifier cette surprenante sympathie. Le mystère s'accrut pendant le week-end. Il y eut d'abord le Latin qui vint sonner à ma porte. Par erreur, car il était en quête de Miss Wildwood. Il me fallut un certain temps pour lui expliquer son erreur, nos propos étant mutuellement entachés d'incohérence, mais le temps d'y parvenir, j'étais sous le charme. Il semblait avoir été ajusté avec soin; sa tête brune, son corps de torero parfaits comme une pomme, une orange, quelque chose que la nature aurait totalement réussi. Ajoutez à cela, décorativement, un costume fait à Londres, une vivifiante odeur de lotion, et, ce qui était encore moins latin, un maintien modeste. Le second événement du jour le ramena de nouveau. Le soir tombait et je le rencontrai comme je sortais pour dîner. Il arriva en taxi et le chauffeur l'aidait à chanceler dans la maison sous un fardeau de valises. Cela me donna tellement à réfléchir que vers dimanche ma tête en éclatait.

Puis le tableau devint à la fois plus sombre et plus clair. Ce dimanche était comme un été de la Saint-Martin, le soleil fort, et ma fenêtre ouverte. J'entendis des voix sur l'échelle de secours. Holly et Mag étaient étendues sur une couverture, le chat entre elles. Leurs cheveux frais lavés pendaient mollement. Elles étaient très occupées, Holly à vernir ses ongles et Mag à tricoter un sweater. C'était Mag qui parlait.

« Si tu veux mon avis, je t...trouve que tu as de la v...veine. Il y a au moins une chose qu'on peut dire en faveur de Rusty, c'est qu'il est Américain.

— Un foudre de guerre!

— Mon ange, mais c'est la guerre!

— Et quand elle sera terminée, vous ne me verrez plus, mon garçon!

— Je ne plaisante pas de cette manière. Je suis f...f...fière de mon pays. Les hommes de ma famille ont toujours été de grands soldats. Il y a une statue de grand-papa Wildwood piquée au beau milieu de Wildwood.

— Fred est un soldat, dit Holly, mais je me demande s'il aura jamais sa statue. Peut-être. Il paraît que plus on est idiot plus on est brave. Et il est plutôt idiot.

— Fred? Le garçon au-dessus? Je ne me suis pas rendu compte qu'il était soldat. Seulement qu'il avait l'air bête.

— Intéressé, mais pas bête. Ce qu'il désire passionnément c'est d'être à l'intérieur pour regarder au-dehors. N'importe qui, avec son nez aplati sur une vitre, aurait l'air stupide. De toute façon, c'est un autre Fred. Fred c'est mon frère.

— Et tu peux appeler stupide quelqu'un de ta ch...chair et de ton s...sang?

— S'il l'est, il l'est.

— Eh bien, c'est manquer de tact que de le dire. Un garçon qui lutte pour toi, pour moi, pour nous tous...

— Qu'est-ce que tu chantes. C'est de la publicité pour les bons du Trésor?

— Tout ce que je veux, c'est que tu saches ce que je pense. J'ai beau apprécier les plaisanteries, je suis au fond quelqu'un de s...s...sérieux. Fière d'être Américaine. C'est ce qui me rend triste au sujet de José. »

Elle déposa ses aiguilles à tricoter.

« Tu le trouves follement beau, non? » Holly fit : « Hm! » et passa son pinceau à vernis sur les moustaches du chat. « Si seulement je pouvais me faire à l'idée d'ép...pouser un Brésilien! Et de devenir une B...Br...Brésilienne moi-même! Tu parles d'un abîme à franchir. Sept mille kilomètres, et ne pas connaître le langage!

— Va chez Berlitz.

— Pourquoi, au nom du Ciel, voudrais-tu qu'ils enseignent le portugais? Ce n'est pas comme si quelqu'un avait envie de le parler? Non. Ma seule chance c'est d'essayer d'amener José à oublier sa politique et à devenir américain. Ça me paraît tellement inutile pour un homme de vouloir devenir le p...p...président du Brésil! » Elle soupira et reprit son tricot. « Je dois être follement amoureuse. Tu nous as vus ensemble. Crois-tu que je suis follement amoureuse?

— Qui sait? Est-ce qu'il mord? »

Mag laissa tomber une maille. « Mord?

— Oui. Toi. Quand vous êtes couchés.

— Jamais de la vie. Il devrait? » Elle ajouta d'un ton réprobateur : « Mais il rit!

— Bravo. C'est ça qu'il faut. J'aime les hommes qui voient la drôlerie de la chose. La plupart ahanent et soufflent. »

Mag revint sur son grief et accepta le commentaire comme un compliment pour elle-même. « Oui, je suppose.

— Parfait. Il ne mord pas, il rit. Et quoi d'autre? »

Mag rattrapa sa maille et recommença à compter : « Une maille à l'endroit, une à l'envers.

— Je disais...

— J'ai entendu. Et ce n'est pas que je n'ai pas
envie de te répondre. Mais c'est si difficile de se souvenir. Je ne ré...réfléchis pas beaucoup à ces
choses-là. Pas comme tu le fais. Elles me sortent
de la tête comme les rêves. Je suis sûre que c'est
l'attitude n...n...normale.

— C'est peut-être normal, chérie. Mais j'aime
mieux ce qui est naturel. »

Holly s'interrompit dans sa tâche de vermillon-
ner les moustaches du chat.

« Écoute-moi, si tu n'arrives pas à te souvenir,
essaie de laisser la lumière allumée!

— Mais comprends-moi, Holly. Je suis une personne très, très, très conventionnelle.

— Oh! des clous! Qu'est-ce qu'il y a de mal à
bien regarder un type qu'on aime. Les hommes
sont beaux, du moins la plupart. José est beau.
Et si tu n'es pas fichue d'avoir envie de le regarder
autant dire que ce que tu lui offres, c'est une
fameuse assiette de macaroni froid.

— Ne parle pas si fort!

— Tu n'es certainement pas amoureuse de lui!
C'est ça la réponse que tu voulais?

— Non. Parce que je ne suis pas une assiette de
m...m...macaroni froid. J'ai le cœur très chaud.
C'est le fond même de ma nature.

— Très bien. Tu as le cœur chaud. Mais si j'étais
un homme en route vers ton lit, j'aimerais mieux
emporter une bouillotte avec moi. Ça serait plus
sûr.

— Tu n'entendras jamais José se plaindre! » dit
Mag avec satisfaction, ses aiguilles étincelant au

soleil. « Qui plus est, je l'aime. Te rends-tu compte que je lui ai tricoté dix paires de chaussettes en moins de trois mois ? Et que c'est mon second sweater ? » Elle tendit le sweater puis le jeta de côté. « D'ailleurs à quoi ça sert ? Des sweaters au Brésil ? Je ferais mieux de fabriquer des casques coloniaux. »

Holly se renversa en arrière et bâilla. « Il doit bien y avoir un hiver de temps en temps.

— Il *pleut !* Ça je le sais. Chaleur. Pluie. La j...jungle.

— La chaleur. La jungle... Je crois que j'aimerais ça.

— Plutôt toi que moi.

— Oui, dit Holly, d'une voix ensommeillée qui ne sommeillait pas. Oui, plutôt moi que toi. »

Le lundi, quand je descendis pour le courrier du matin, la carte de Holly sur la boîte aux lettres avait été changée. Un nom s'y ajoutait. C'étaient maintenant Miss Golightly et Miss Wildwood qui étaient, de concert, voyageuses. Cela aurait pu retenir davantage mon attention si je n'avais trouvé une lettre dans ma propre boîte. Elle m'était adressée par la revue d'une petite université à laquelle j'avais envoyé une nouvelle. La nouvelle avait plu. Mais je devais comprendre qu'ils n'avaient pas les moyens de la payer. Toutefois ils avaient l'intention de la publier ! Cela voulait dire qu'on allait l'imprimer. Perdre la tête d'excitation n'est pas un vain mot. Il me fallait communiquer ma joie. Descendant l'escalier deux marches à la fois, j'allai cogner à la porte de Holly.

Je ne me fiai pas à ma voix pour lui communiquer la nouvelle, quand enfin, louchant de sommeil, elle vint m'ouvrir sa porte. Je lui tendis la lettre. Il me parut qu'elle prenait le temps de lire au moins soixante pages avant qu'elle me la rendît. « Je ne les laisserais pas faire ça, dit-elle en bâillant, du moment qu'ils ne vous paient pas. » Ma physionomie lui fit sans doute comprendre qu'elle se trompait, que ce que je désirais ce n'était pas un conseil mais des congratulations. Sa bouche passa du bâillement au sourire. « Oh! je vois! C'est merveilleux! Eh bien, entrez, dit-elle. On va faire un pot de café pour célébrer l'événement. Et puis non. Je m'habille et je vous emmène déjeuner! »

Sa chambre était à l'image du salon. Elle prolongeait la même atmosphère de camping. Caisses, valises tout était empaqueté et prêt à partir comme les possessions d'un criminel qui sent la loi sur ses talons. Le salon ne comportait pas de meubles traditionnels mais la chambre avait un lit et même un lit de milieu, des plus spectaculaires, bois clair et satin plissé.

Elle laissa la porte de la salle de bains ouverte et de là continua la conversation. Entre les ruissellements et les frictions la plupart de ses phrases me parvenaient inintelligiblement, mais l'essentiel était ceci. Elle *supposait* que je savais que Mag Wildwood venait de s'installer chez elle, et est-ce que ce n'était pas tout ce qu'il y avait de pratique, parce que si vous voulez une locataire et qu'elle ne soit pas une lesbienne, la meilleure solution c'est qu'elle soit une complète idiote, ce qui était le cas pour Mag. Parce que vous pouvez leur coller sur le dos l'engagement de location et les envoyer chez la blanchisseuse.

Il était clair que pour Holly, le blanchissage était un problème. La chambre était jonchée de vêtements comme un gymnase de filles.

« ... Et vous savez, comme modèle elle a du succès. Est-ce que ce n'est pas *inouï?* Et une bonne chose (dit-elle en sortant à cloche-pied de la salle de bain pour ajuster sa jarretelle) c'est que ça devrait l'occuper une partie de la journée. Côté homme, il ne devrait pas y avoir non plus de problèmes. Elle est fiancée. Un type bien, du reste, malgré une petite différence de taille. Mettons un pied de plus en sa faveur à elle. Où diable ai-je mis... »

Elle tomba à genoux, tâtonnant sous le lit. Quand elle eut trouvé ce qu'elle voulait, une paire de souliers de lézard, elle se mit en quête d'une blouse, d'une ceinture. Et il y avait de quoi s'émerveiller de voir qu'émergeant d'un tel fouillis elle pût réussir à donner son impression habituelle de soin, de perfection sereine, comme si elle sortait de la main des esclaves de Cléopâtre. Elle dit : « Écoute-moi (en prenant mon menton dans sa main), je suis contente pour ton histoire. Vraiment contente! »

Ce lundi d'octobre 43 fut une belle journée, d'une allégresse d'oiseau. Pour commencer, nous bûmes des Manhattan chez Joe Bell. Et quand il connut ma bonne fortune, ce furent des champagne-cocktails sur le compte de la maison. Ensuite, nous déambulâmes vers Fifth Avenue où se déroulait

une parade. Les drapeaux dans le vent, la cadence
des musiques militaires et du pas des régiments
semblaient n'avoir rien de commun avec la guerre
mais se présenter plutôt comme une fanfare orga-
nisée en mon honneur.

Nous déjeunâmes dans une cafeteria du Park.
Après, évitant le Zoo (Holly me dit qu'elle ne pouvait supporter de voir une créature en cage), nous
descendîmes, pouffant, courant et chantant, les
sentiers menant au vieil embarcadère de bois, maintenant disparu. Des feuilles flottaient sur le lac.
Sur la rive, un gardien du parc éventait un feu qu'il
en avait fait, et la fumée, montant comme des
signaux indiens, était la seule tache dans l'air fré-
missant. Les avrils ne m'ont jamais dit grand-chose.
Les automnes me semblent la vraie saison des
commencements, les vrais printemps. Ainsi pen-
sai-je, assis avec Holly sur les barreaux du porche
de l'embarcadère. Je pensais à l'avenir et parlais
du passé, car Holly voulait tout savoir de mon
enfance. Elle parla de la sienne aussi, mais d'une
manière vague, sans noms, sans repères, un récital
impressionniste bien que l'impression reçue fût
le contraire de ce que l'on attendait, car elle était
comme un récit presque voluptueux de bains et
d'été, d'arbres de Noël, de cousins ravissants, de
réceptions. En bref, un bonheur qu'elle ignorait,
dans un cadre qui n'était certainement pas celui
d'une enfant qui s'était sauvée.

Or, lui demandai-je, n'était-il pas vrai qu'elle
avait vécu par elle-même depuis ses quatorze ans?
Elle se frotta le nez : « Si, c'est vrai. C'est le reste
qui ne l'est pas. Mais vois-tu, mon chéri, tu as fait

une telle tragédie de ton enfance que j'ai senti que
je ne pouvais pas rivaliser! »

Elle sauta de la barrière. « En tout cas, ça me
rappelle que je devrais envoyer à Fred du beurre
de cacahuète. » Le reste de l'après-midi, nous le
passâmes d'est en ouest, à extorquer à des épiciers
récalcitrants des boîtes de beurre de cacahuète,
une rareté en temps de guerre. La nuit tomba avant
que nous en eussions rassemblé une demi-douzaine,
dont la dernière dans un magasin de délicatessen
de la Troisième Avenue. C'était près du magasin
d'antiquités avec dans la vitrine sa cage-mosquée
pour oiseaux. Aussi emmenai-je Holly pour la voir
et elle en admira l'essentiel, sa fantaisie. « Mais
c'est tout de même une cage! »

Passant devant Woolworth elle me saisit le bras.
« Allons voler quelque chose! » fit-elle en m'entraî-
nant à l'intérieur de l'établissement, où aussitôt
les regards convergèrent vers nous comme si on
nous tenait déjà en suspicion. « Allons, viens. Du
cran! » Elle repéra un rayon sur lequel s'entas-
saient des citrouilles en papier et des masques pour
les fêtes du *Halloween Day*. La demoiselle du
comptoir était occupée à faire essayer des masques
à un groupe de religieuses. Holly choisit un masque
et le colla sur sa figure. Elle en choisit un autre et
le colla sur la mienne. Puis elle me prit la main et
nous sortîmes ensemble. Ce fut aussi simple que
cela. Dehors, nous courûmes le long de quelques
pâtés d'immeubles, pour rendre, j'imagine, l'aventure plus dramatique. Mais aussi, je m'en avisai,
parce que les larcins réussis vous enivrent. Je lui
demandai si elle avait souvent volé. « J'en avais

l'habitude, me dit-elle. Je veux dire que j'y étais obligée quand j'avais besoin de quelque chose. Mais je le fais encore de temps en temps, histoire de ne pas perdre la main! »

Nous gardâmes nos masques tout le long du chemin du retour.

Je me souviens d'avoir vécu beaucoup de journées ici et là avec Holly, et il est bien vrai que durant certaines périodes nous nous vîmes beaucoup. Mais dans l'ensemble mes souvenirs me trahissent. Car, vers la fin du mois, je trouvai une situation. Que dire de plus? Moins j'en parlerai mieux cela vaudra, sauf que c'était nécessaire, et que j'étais pris de neuf heures à dix-sept heures, ce qui empêchait les heures de Holly et les miennes de coïncider.

A moins que ce fût le jeudi, son jour de Sing-Sing, à moins qu'elle fît de l'équitation dans le parc comme cela lui arrivait parfois, Holly était rarement levée quand je rentrais. Quelquefois, m'arrêtant chez elle, je partageais son café du réveil pendant qu'elle s'habillait pour la soirée. Elle était perpétuellement sur le point de sortir, pas toujours avec Rusty Trawler, mais le plus généralement, Mag Wildwood les rejoignait avec son beau Brésilien dont le nom était José Ibarra-Jaegar, et la mère allemande. En tant que quatuor ils émettaient des sons discordants. La faute principale en incombait à José Ibarra-Jaegar, aussi peu à sa place en leur compagnie qu'un violon dans un jazz. Il était intelligent, d'aspect distingué, en contact sérieux avec son travail qui, mystérieusement gouvernemental et vaguement important, l'appelait à Washington plusieurs jours par semaine. Comment, dans ces conditions, pouvait-il supporter l'atmosphère de « La Rue », ou de « El Morocco », écoutant bê... bê... bêtifier la Wildwood, et contemplant le rudimentaire visage de Rusty et ses joues comme des fesses d'enfant. Peut-être était-il comme la plupart d'entre nous, qui, séjournant à l'étranger, sont incapables de situer les gens et de leur trouver un cadre adéquat comme ils le feraient chez eux. Il en résultait que tous les Américains lui apparaissaient dans un même éclairage, et partant de ce principe, ses compagnons passaient pour d'acceptables spécimens de couleur locale et de caractère national. Cela pouvait expliquer bien des choses. La détermination de Holly expliquait le reste.

Un jour, en fin d'après-midi, tandis que j'attendais un bus en direction de la Cinquième Avenue, je remarquai un taxi qui s'arrêta de l'autre côté de la rue. Une jeune fille en descendit qui gravit en courant les marches de la Bibliothèque publique de la 42e Rue. Elle en avait déjà franchi les portes avant que je la reconnusse, ce qui était excusable, car Holly et les bibliothèques n'étaient pas de ces associations qui se font naturellement. Je laissai la curiosité me guider entre les lions, me demandant en chemin si j'admettrais que je l'avais suivie ou si j'invoquerais une coïncidence. Finalement, je ne fis ni l'un ni l'autre mais me dissimulai à quelques tables de la sienne dans la grande salle de lecture où elle s'installa derrière ses lunettes noires et la forteresse de volumes qu'elle avait pris au bureau. Elle passait d'un livre à un autre, s'arrêtant par intermittence à telle ou telle page, et toujours en fronçant les sourcils comme si le texte était imprimé à l'envers. Elle tenait un crayon en suspens au-dessus des pages, rien ne semblant retenir son attention encore que cependant et comme en désespoir de cause elle se livrât à de laborieux gribouillages. L'observant, je me souvins d'une fille que j'avais connue au collège, une piocheuse, Mildred Grossman. Mildred aux cheveux moites, aux lunettes graisseuses, avec ses doigts tachés qui disséquaient les grenouilles et portaient du café aux piquets de grève, Mildred dont les yeux plats ne se tournaient vers les étoiles que pour en estimer la composition chimique. La terre et l'air ne pouvaient être plus opposés que Mildred et Holly, cependant il s'établissait entre elles dans ma tête un rapport de jumelage siamois, et le fil de pensée qui les cousait ensemble se pouvait décrire ainsi. Une personnalité ordinaire se renouvelle fréquemment, et même après des périodes de tant d'années, nos corps subissent un complet bouleversement. Souhaitable ou non, il est naturel qu'il en soit ainsi. Très bien. Mais il y avait là deux êtres qui ne changeraient jamais. Et c'était ce que Mildred Grossman avait de commun avec Holly Golightly. Elles ne changeraient jamais parce que leur caractère s'était formé trop tôt, ce qui, comme les fortunes subites, conduit à un manque de proportion, l'une s'étant coulée dans le moule du réalisme à tous crins, l'autre penchant avec excès vers le romanesque. Je me les imaginais l'une et l'autre dans quelque restaurant futur. Mildred continuant à calculer les valeurs nutritives du menu, Holly gloutonne de ce qu'il pouvait offrir. Il en serait toujours ainsi. Elles pas-

seraient à travers la vie et au-delà, du même pas
déterminé, insoucieux des traquenards.

Des réflexions aussi profondes me firent oublier
où je me trouvais. Je revins à moi, stupéfait que ce
fût dans la solennité d'une bibliothèque et, de nouveau, complètement abasourdi d'y voir Holly.
C'était peu après sept heures, elle manipulait son
bâton de rouge et passait de ce qu'elle estimait
convenable pour une bibliothèque, à ce que, par
l'adjonction d'un bout d'écharpe et d'une paire de
boucles d'oreilles, elle considérait approprié au restaurant de « La Colonie ». Lorsqu'elle fut partie,
je me dirigeai négligemment vers la table où elle
avait laissé les livres. Ils étaient ce que j'avais sup-
posé : *Le Sud en Thunderbird, Les Chemins détournés
du Brésil, Les Conceptions politiques de l'Amérique latine.*
Et ainsi de suite.

La veille de Noël, elle et Mag donnèrent une
réception. Holly m'avait prié de venir de bonne
heure pour garnir l'arbre. Je me demande encore
comment elles avaient réussi à le faire entrer dans
l'appartement. Les branches du haut s'écrasaient
contre le plafond et les plus basses s'étendaient d'un
mur à l'autre. Dans l'ensemble, il n'était pas sans
ressembler au géant de Noël que l'on voit sur la
Plaza Rockefeller. En outre, il aurait fallu un Rockefeller pour le décorer car il engouffrait les garnitures
et les bimbeloteries comme de la neige fondue.
Holly se proposa de courir à Woolworth pour voler
quelques ballons, ce qu'elle fit, et ils dotèrent l'arbre
d'une assez belle apparence. Nous bûmes à la santé
de nos efforts, et Holly me dit : « Va dans ta
chambre! Il y a un cadeau pour toi. »

J'en avais un pour elle, moi aussi, un petit paquet dans ma poche qui me parut encore plus petit, lorsque je vis, plantée sur le lit et parée de ruban rouge, la belle cage.

« Oh! Holly! C'est de la folie!

— C'est bien mon avis, mais je croyais que tu en avais envie!

— Mais une telle dépense! Trois cent cinquante dollars! »

Elle haussa les épaules. « Oh! quelques petites excursions extra aux lavabos! Promets-moi seulement, oh! promets-moi que tu n'y mettras pas une créature vivante. »

J'allais l'embrasser mais elle tendit sa main :

« Aboule, dit-elle en tapant sur le renflement de ma poche.

— J'ai bien peur que ce ne soit pas grand-chose! » Et ça ne l'était pas. Une médaille de saint Christophe. Du moins venait-elle de chez Tiffany. Holly n'était pas le genre de fille à garder quoi que ce soit, sûrement à cette heure elle a perdu cette médaille, l'a oubliée dans une valise ou dans quelque tiroir de chambre d'hôtel. Mais j'ai toujours la cage. Je l'ai trimbalée à La Nouvelle-Orléans, à Nantucket, à travers toute l'Europe, le Maroc, les grandes Indes. Cependant je me souviens rarement que c'est Holly qui me l'a donnée, parce qu'il y eut un moment où je décidai de l'oublier. Nous eûmes une brouille sérieuse, et parmi les objets tournoyant dans l'épicentre de notre ouragan se trouvaient la cage, O. J. Berman et ma nouvelle dont je donnai un exemplaire à Holly lorsqu'elle parut dans la revue universitaire.

Dans le courant de février, Holly était partie pour une croisière d'hiver avec Rusty, Mag et José Ibarra-Jaegar. Notre querelle éclata peu après son retour. Holly était couleur d'iode, ses cheveux blanchis par le soleil spectralement, et elle s'était follement amusée. « Figure-toi que pour commencer nous étions à Key West, et Rusty s'est attrapé avec des matelots ou le contraire et, de toute façon, il va être forcé de porter un bandage orthopédique pour sa colonne vertébrale jusqu'à la fin de ses jours. Il a fallu également hospitaliser Mag, cette chérie! Brûlures solaires au premier degré! Une horreur. Des cloques et de la citronnelle. Nous ne pouvions plus supporter son odeur. Aussi les avons-nous laissés à l'hôpital, José et moi, et nous sommes partis pour La Havane. Il me dit d'attendre d'avoir vu Rio, mais dès maintenant, en ce qui me concerne, je parierais pour La Havane. Nous avions un guide irrésistible, aux trois quarts nègre et le reste chinois, et bien que je n'aie pas grand goût pour l'un ou pour l'autre, la combinaison était tout simplement stupéfiante, aussi je le laissais me faire du genou sous la table parce que, franchement, je ne le trouvais pas banal du tout. Oui mais une nuit il nous emmena dans un cinéma clandestin, et, qu'est-ce que tu crois? Il était sur l'écran. Bien entendu, quand je revins à Key West, Mag prétendit, dur comme fer, que j'avais passé mon temps à coucher avec José. Rusty aussi. Mais ce n'est pas tellement le fait qui l'intéresse. Il voudrait qu'on lui raconte les détails. Pour finir, la situation devint tendue jusqu'à ce que j'aie une explication cœur à cœur avec Mag. »

Nous étions dans la chambre du devant où, bien qu'on fût bientôt en mars, l'énorme arbre de Noël, devenu brun et sans parfum, ses ballons ratatinés comme de vieilles bouses, occupait encore presque toute la place. Un meuble facile à reconnaître avait été ajouté à la pièce : une couchette de l'armée. Et Holly, essayant de préserver ses couleurs tropicales, était étalée dessus sous une lampe solaire.

« Et tu l'as persuadée?

— Que je n'avais pas couché avec José? Grands dieux, oui. Je lui ai dit simplement — mais tu sais, sur le ton d'une confession déchirante — que j'étais lesbienne.

— Elle ne peut tout de même pas l'avoir cru!

— Bon sang, non. Pourquoi penses-tu qu'elle est allée acheter cette couchette? Mais laisse-moi faire. J'arrive toujours en tête dans le bataillon de choc. Sois un amour, chéri. Frotte-moi le dos avec un peu d'huile. »

Comme je lui rendais ce service elle me dit ·

« O. J. Berman est dans nos murs, et écoute-moi Je lui ai donné à lire ton histoire dans le magazine Ça l'a fortement impressionné. Il pense qu'après tout on pourrait faire quelque chose pour toi. Mais il dit que tu es sur la mauvaise route. Des Nègres et des enfants? Qui est-ce que ça intéresse?

— Pas lui, à coup sûr!

— Moi, je serais plutôt de son avis. J'ai lu ton histoire à deux reprises. Des gosses et des Noirs. Des feuilles qui tremblent. Des descriptions. Ça ne veut rien dire. »

Ma main qui pétrissait l'huile dans son dos semblait animée d'une humeur indépendante. Elle mourait d'envie de se soulever et de s'abattre sur ses fesses.

« Donne-moi un exemple, lui demandai-je avec calme, de quelque chose qui, à ton idée, voudrait dire quelque chose.

— *Les Hauts de Hurlevent* », dit-elle, sans hésiter.

Dans ma main, l'impulsion croissait hors de tout contrôle. « Mais tu perds la raison. Il s'agit d'un chef-d'œuvre!

— C'en est un. Non? *Ma sauvage, ma douce Cathy...* Seigneur! Je pleurais à pleins seaux! Je l'ai vu dix fois. »

Je fis : « Oh! » avec un perceptible soulagement. « Oh! » sur un ton qui montait lâchement. *Le film!*

Ses muscles se durcirent. Leur contact était celui de la pierre chauffée au soleil. « Tout le monde cherche à se croire supérieur à quelqu'un! fit-elle. Mais en général l'habitude est de donner ses preuves avant de réclamer le bénéfice!

— Je ne me compare ni à toi ni à Berman. Par conséquent il ne s'agit pas de supériorité. Nos buts sont différents.

— Tu n'as donc pas envie de gagner de l'argent?

— Je ne vais pas encore si loin!

— C'est justement l'impression que donnent tes histoires. Comme si tu les écrivais sans savoir la fin. Eh bien moi, je te dis que tu ferais mieux de gagner de l'argent. Tu as une imagination qui coûte cher et il n'y a pas beaucoup de gens qui seront disposés à t'acheter des cages d'oiseaux.

— Je regrette.

— Tu le regretteras encore plus si tu me tapes dessus. Tu en avais envie il y a une minute. Je l'ai senti dans ta main. Et tu en as encore envie maintenant. »

C'était vrai. Une envie folle. Ma main, mon cœur tremblaient tandis que je rebouchais la bouteille d'huile.

« Oh non! Ça je ne le regrette pas. Tout ce que je regrette c'est de t'avoir fait perdre ton argent. Rusty Trawler te donne trop de mal pour le gagner. »

Elle s'assit sur la couchette. Son visage, ses seins froidement bleus dans la lumière de la lampe solaire. « Ça devrait prendre quatre secondes pour aller d'ici à la porte. Je t'en donne deux! »

Je montai tout droit l'escalier, pris la cage, la descendis et la laissai devant sa porte. Nous étions quittes. Du moins je le crus jusqu'au matin suivant, quand, partant pour mon travail, je vis la cage plantée sur une des poubelles le long du trottoir, attendant le passage des éboueurs. Plutôt honteusement je la récupérai et la ramenai dans ma chambre, capitulation qui n'affaiblit en rien mon dessein d'écarter à tout jamais de ma vie Holly Golightly. Elle n'était, en décidai-je, qu'une « vulgaire exhibitionniste », une « gaspilleuse de temps », une « quintessence de chiqué », quelqu'un à qui, de ma vie, je n'adresserais plus la parole.

Ce que je fis. Du moins pendant longtemps. Nous nous rencontrions dans l'escalier sans nous parler. Si elle entrait chez Joe Bell j'en sortais aussitôt. Il y eut un moment où Mme Sapphia Spanella, passionnée de chant et de patinage à roulettes, qui habitait au premier étage, fit circuler une pétition parmi les autres locataires de la vieille maison pour nous joindre à elle et obtenir l'expulsion de Miss Golightly. Elle était, selon Mme Spanella, « moralement indésirable » et « l'instigatrice de réunions nocturnes qui compromettaient la tranquillité et l'équilibre mental de ses voisins ». Tout en refusant de signer je pensais, par-devers moi, que Mme Spanella avait raison de se plaindre. Mais sa pétition échoua, et comme avril approchait de mai, les fenêtres ouvertes, les chaudes nuits de printemps furent polluées par le bruit des réceptions, des phonographes tournant à plein rendement, et des rires-martini qui émanaient de l'appartement n° 2.

Cela n'avait rien de rare de rencontrer des personnages suspects parmi les visiteurs de Holly. Bien au contraire. Mais un jour, vers la fin du printemps, comme je traversais le vestibule de la vieille maison, je remarquai un individu des plus alarmants en train d'examiner la boîte aux lettres de Holly. Il pouvait avoir une cinquantaine d'années, avec un visage dur, buriné par le grand air, des yeux gris et désolés. Il était coiffé d'un vieux feutre gris taché de sueur, et son costume d'été bon marché, d'un bleu pâle, flottait sur sa maigreur, mais ses souliers marron flambaient neufs. Il ne paraissait pas désireux de sonner à la porte de Holly, mais lentement, comme s'il lisait l'écriture Braille, il passait et repassait son doigt sur les lettres gravées en relief de son nom.

Ce soir-là, me rendant à mon dîner, je revis cet homme. Il se tenait de l'autre côté de la rue, appuyé à un arbre et fixant, tête levée, les fenêtres de Holly. Des idées inquiétantes me traversèrent l'esprit. Était-ce un détective ou quelque émissaire de la pègre, en cheville avec son ami de Sing-Sing, Sally Tomato? Cette situation ranima ma tendresse pour Holly. Ce n'était que justice d'oublier notre querelle, le temps du moins de la prévenir qu'elle était surveillée. Comme je tournais le coin de la rue, me dirigeant vers le « Paradis des Hamburgers » à l'angle de la 79e Rue et de Madison, je sentis que l'attention de l'homme s'était fixée sur moi. Et l'instant d'après, sans me retourner, je sus qu'il me suivait. Simplement parce que je l'entendis siffler. Non pas un air quelconque, mais la plaintive mélodie des plaines que Holly chantait parfois sur sa guitare.

> *J'ai pas envie de dormir*
> *J'ai pas envie de mourir*
> *J'ai juste envie d'aller, marchant*
> *Le long des pâturages du ciel...*

Le sifflement continua, à travers Park Avenue et en remontant Madison. A un moment, tandis que j'attendais un changement de feux, je guettai l'homme, du coin de l'œil, tandis qu'il se baissait pour caresser un poméranien pomponné. « Vous avez là une belle bête », dit-il à la propriétaire, d'une voix où traînait l'accent râpeux de la campagne. Le « Paradis des Hamburgers » était vide, néanmoins il s'assit à côté de moi devant le long comptoir. Il sentait le tabac et la sueur. Il commanda une tasse de café mais n'y toucha pas. Au lieu de boire, il mâchouilla un cure-dent en m'observant dans la glace murale en face de nous.

« Excusez-moi, dis-je, en m'adressant à son reflet dans le miroir, mais qu'est-ce que vous me voulez? »

La question ne l'embarrassa nullement, il me parut même soulagé que je la lui aie posée. « Mon gars, dit-il, j'ai besoin d'un ami. »

Il extirpa de sa poche un portefeuille. L'objet était aussi usé que ses mains racornies et tombait presque en lambeaux, de même que l'instantané, fragile, craquelé, effacé, qu'il me tendit. Il y avait sept personnes sur le cliché, groupées ensemble sous le porche croulant d'une maison de bois rudimentaire. Tous étaient des enfants, sauf l'homme lui-même qui tenait par la taille une fillette blonde et grassouillette, laquelle de la main protégeait ses yeux du soleil.

« Ça, c'est moi, dit-il en se désignant... Et ça, c'est elle, fit-il en tapant du doigt la blonde grassouillette. Et celui-là dans le coin, ajouta-t-il en indiquant une rame à pois aux cheveux rouges, c'est son frère Fred. »

Je *la* regardai de nouveau, et, mon Dieu oui, je trouvai à la réflexion une ressemblance embryonnaire entre Holly et l'enfant louchante aux joues pleines. A ce moment, j'eus l'intuition de ce que l'homme pouvait être.

« Vous êtes le père de Holly? »

Il cligna des yeux, fronça les sourcils.

« Elle ne s'appelle pas Holly. Son nom c'est Lulamae Barnes. Enfin il l'était, continua-t-il en promenant son cure-dent dans sa bouche, jusqu'à ce qu'elle m'épouse. Je suis son mari. Le docteur Golightly. Je suis médecin de chevaux. Vétérinaire. Je fais aussi un peu de culture, près de Tulip, dans le Texas. Qu'est-ce qui te fait rire, mon gars? »

Ce n'était pas un vrai rire. Les nerfs seulement. J'avalai une gorgée d'eau et m'étranglai. Il me tapa dans le dos.

« Il n'y a pas de quoi rire, mon gars. Je suis un type fatigué. Voilà cinq ans que je la cherche, ma femme. Aussitôt que j'ai reçu une lettre de Fred me disant où elle était, j'ai pris mon billet dans le Greyhound. La place de Lulamae est à la maison, avec son mari et ses enfants.

— Ses enfants!

— Les voilà, ses enfants », fit-il, criant presque, en montrant les quatre autres petites figures sur le cliché, deux gamines pieds nus et une paire de garçons en tablier. Bien évidemment, l'homme était fou.

« Mais Holly ne peut pas être leur mère. Ils sont plus âgés qu'elle, plus forts.

— Voyons, mon gars! reprit-il d'une voix patiente, je ne prétends pas que ce sont les enfants de sa chair. Leur propre, précieuse, et chère mère — que Jésus ait son âme — était morte le 4 juillet 36, jour de l'Indépendance et année de la sécheresse. Quand j'ai épousé Lulamae, c'était en décembre 38 et elle allait sur ses quatorze ans. Peut-être qu'une fille ordinaire et n'ayant que quatorze ans n'aurait pas su ce qu'elle voulait. Mais prenez cette Lulamae, c'était quelqu'un d'exceptionnel! Elle savait parfaitement bien ce qu'elle faisait quand elle me promit d'être ma femme et la mère de mes enfants. C'est tout juste si elle ne nous a pas brisé le cœur quand elle s'est sauvée comme   elle l'a fait. »

Il avala une gorgée de café froid, et m'observa avec une pénétrante attention.

« Et maintenant, mon gars, est-ce que tu doutes encore ou bien est-ce que tu crois ce que je viens de te dire? »

Je le croyais. C'était trop improbable pour n'être pas vrai. En outre cela coïncidait avec la description de O. J. Berman quand il avait rencontré Holly pour la première fois en Californie. « On ne pouvait pas savoir si c'était une fille de ferme ou une clocharde, ou quoi? » On ne pouvait pas en vouloir à Berman de n'avoir pas deviné qu'elle était une femme-enfant, de Tulip, Texas.

« Elle nous a positivement brisé le cœur quand elle s'est sauvée comme elle l'a fait, répéta le vétérinaire. Il n'y avait pas de raison. C'étaient *ses* filles qui s'occupaient du ménage. Lulamae pouvait en prendre à son aise, faire des mines devant les glaces, et se laver la tête. Avec nos vaches à nous, nos poulets et nos cochons, cette fille devenait positivement grasse tandis que son frère poussait comme un géant. Une fameuse différence avec ce qu'ils étaient à leur arrivée. C'est Nellie, ma fille aînée, oui, Nellie, qui les avait amenés dans la maison. Elle était venue me trouver un matin et m'avait dit : " Papa, je viens d'enfermer deux jeunots sauvages dans la cuisine. Je les ai surpris dehors, en train de voler du lait et des œufs de dinde. " Ces deux-là, c'étaient Lulamae et Fred. Croyez-moi, vous n'avez jamais rien vu de plus pitoyable. Leurs côtes leur sortaient de partout, leurs jambes étaient si débiles qu'ils pouvaient à peine se tenir dessus et leurs dents branlaient, au point qu'ils n'auraient pas pu mâcher de la bouillie. Quant à leur histoire, c'était simple. Leur mère, morte de tuberculose ainsi que leur père, et tous les enfants, un plein tombereau, avaient été confiés aux bons soins de gens différents et mesquins. C'est comme ça que Lulamae et son frère étaient venus habiter chez des minables, et des rien-du-tout, à cent kilomètres à l'est de Tulip. Lulamae avait de bonnes raisons de se sauver de cette maison-là. Elle n'en avait aucune de partir de chez moi. C'était *sa* maison! »

Il se pencha, les coudes au comptoir et, pressant ses yeux clos avec la pointe de ses doigts, soupira : « Elle s'était remplumée au point de devenir une vraiment jolie femme. Et vive aussi. Bavarde comme un geai. Avec quelque chose de spirituel à dire sur tous les sujets. Mieux que la radio. La première chose que j'avais faite pendant que j'étais dehors à cueillir des fleurs, ç'avait été de lui apprivoiser ur corbeau auquel j'avais appris à dire son nom. E aussi, je lui avais appris à elle à jouer de la guitare. Rien que de la regarder, j'en avais les yeux pleins de larmes. Le soir où je lui demandai sa main, je pleurai comme un enfant. Elle me dit : " Qu'est-ce qui te fait pleurer comme ça, Doc? Bien sûr qu'on va se marier. Je n'ai pas encore été mariée. " Du coup je me mis à rire, à la presser dans mes bras, à l'écraser. *Pas encore été mariée!* » Il rit sous cape, mâcha son cure-dent pendant un moment. « Ne me dis pas que cette fille n'a pas été heureuse! fit-il d'un ton provocant. Nous l'adorions tous. Elle n'avait pas besoin de lever le petit doigt sauf pour manger son morceau de pâté. Sauf pour peigner ses

cheveux et nous faire signe d'aller lui acheter des
magazines. Il y a bien eu pour cent dollars de
dépenses en magazines qu'on a fait rentrer dans
cette maison. Si tu veux savoir, c'est venu de là.
Regarder tout cet étalage d'images, lire tous ces
boniments! C'est de là qu'elle s'est mise à se promener sur la route. Tous les jours elle se promenait un
petit peu plus loin. Un kilomètre de plus, elle revenait. Et puis un jour, elle a continué. » Il couvrit de
nouveau ses yeux avec ses mains. Son souffle faisait
un bruit rauque. « Le corbeau que je lui avais donné,
il redevint sauvage et s'envola, mais tout l'été on a
encore pu l'entendre. Dans la cour. Dans le jardin.
Dans les bois. Tout l'été, cette satanée bête n'a pas
arrêté d'appeler : " Lulamae! Lulamae! "

Il se tut et resta là, les épaules remontées comme
s'il écoutait l'écho de cet été lointain. Je portai nos
additions au caissier. Tandis que je payais il me
rejoignit. Nous sortîmes ensemble en direction de
Park Avenue. C'était une soirée fraîche et venteuse,
des stores élégants palpitaient dans la brise. Le
silence persista entre nous jusqu'au moment où je
demandai : « Mais son frère? Il n'était pas parti, lui!

— Non, monsieur, fit-il en se raclant la gorge.
Fred est resté avec nous jusqu'à ce que l'Armée le
prenne. Un brave garçon. Épatant avec les chevaux.
Il ne comprenait pas ce qui s'était passé dans la tête
de Lulamae. Comment elle en était venue à quitter
son frère, son mari, les enfants... Pourtant, une fois
dans l'Armée, Fred commença à recevoir des nouvelles. L'autre jour il m'a envoyé son adresse et
c'est pour ça que je suis venu la chercher. Je sais
qu'elle a du chagrin de ce qu'elle a fait. Je sais

qu'elle voudrait revenir à la maison! » Il semblait me demander un avis favorable. Je pensais, lui dis-je, qu'il trouverait Lulamae ou Holly plutôt changée. « Écoute-moi, mon garçon, me dit-il comme nous arrivions au perron de la vieille maison, je t'ai averti que j'avais besoin d'un ami. Parce que je ne voudrais pas lui causer une trop grande surprise, l'effrayer. C'est pour ça que je me suis retenu. Mais sois mon ami. Dis-lui que je suis ici. »

L'idée de présenter Mme Golightly à son mari ne manquait pas de piquant, et, levant la tête vers ses fenêtres éclairées, j'espérais que ses amis étaient là. Car la perspective de voir l'homme du Texas serrer la main de Mag, de Rusty et de José était plus piquante encore. Mais le regard du docteur Golightly, implorant et fier, et aussi ce chapeau taché de sueur me firent honte de ces anticipations. Il me suivit dans la maison, prêt à m'attendre au pied de l'escalier. « Est-ce que je suis à mon avantage? » murmura-t-il, brossant ses manches et resserrant le nœud de sa cravate.

Holly était seule. Elle m'ouvrit aussitôt la porte. En fait, elle se préparait à sortir. Des souliers de bal en satin blanc et des flots de parfum indiquaient ses projets de gala. « Te voilà, mon idiot, dit-elle, me donnant un petit coup amical avec son sac noir. Je suis trop pressée pour qu'on se réconcilie maintenant, mais demain nous fumerons le calumet. Ça va?

— Pour sûr, Lulamae, si tu es encore ici demain. »

Elle ôta ses lunettes sombres et loucha vers moi. C'était comme si ses yeux étaient des prismes éclatés, tout en fragments lumineux de bleus, de gris et de verts.

« Il t'a dit ça? demanda-t-elle d'une petite voix tremblante. Oh! je t'en prie, où est-il? » Passant devant moi elle courut vers le palier. « Fred! appela-t-elle dans la cage de l'escalier. Fred! Où es-tu, mon chéri? »

J'entendis le pas de Doc Golightly grimpant les marches. Sa tête apparut au-dessus de la rampe et Holly fit un pas en arrière. Non pas comme si elle avait peur, mais comme si elle se retranchait dans une coquille de déception. Et puis il fut devant elle, l'air penaud et gêné. « Mon Dieu, Lulamae, commença-t-il d'un ton hésitant car Holly le regardait, vague comme si elle n'arrivait pas à le reconnaître, mais dis donc, ma douceur, est-ce qu'on ne te nourrit pas bien, par ici? Tu n'as que la peau et les os comme quand je t'ai vue pour la première fois, et les yeux tout effarouchés. »

Holly lui toucha le visage, éprouvant de ses doigts la réalité de son menton, des piquants de sa barbe. « Salut, Doc, dit-elle gentiment, en l'embrassant sur la joue. Salut, Doc », répéta-t-elle gaiement, comme il la soulevait du sol dans une étreinte à lui briser les côtes. De grands éclats de soulagement et de joie le secouèrent. « Bon Dieu, Lulamae! Mais c'est le paradis! »

Ni l'un ni l'autre ne me remarquèrent lorsque je me glissai à côté d'eux pour regagner ma chambre. Pas plus qu'ils n'aperçurent Mme Sapphia Spanella qui, ouvrant sa porte, glapit : « Taisez-vous. C'est une honte! Allez faire vos cochonneries ailleurs! »

« Divorcer d'avec Doc? Bien sûr que non je n'ai jamais divorcé. Pour l'amour du Ciel, je n'avais

que quatorze ans. Ça ne pouvait pas être légal! »
Holly tapa sur son verre de martini vide. « Deux
de plus, mon monsieur Bell chéri. »

Joe Bell, dans le bar duquel nous étions installés,
prit de mauvaise grâce la commande. « Vous avez
déjà du vent dans les voiles », maugréa-t-il en cro-
quant une de ses pastilles. D'après l'horloge d'aca-
jou noir derrière le bar, il n'était pas encore midi
et il nous avait déjà servi trois tournées.

« Mais c'est dimanche, monsieur Bell. Les hor-
loges tournent au ralenti le dimanche. D'ailleurs,
je ne me suis pas encore couchée, lui dit-elle, en
me confiant : " Du moins pas pour dormir. " »
Elle rougit, regardant ailleurs d'un air coupable.
Pour la première fois depuis que je la connaissais
elle semblait éprouver le besoin de se justifier. « Il
fallait bien. Doc m'aime vraiment, tu sais. Et je
l'aime. Tu as peut-être trouvé qu'il avait l'air vieux
et bizarre, mais tu n'as pas idée de sa bonté, de la
confiance qu'il inspire aux oiseaux, aux gosses et
à tout ce qui est fragile comme eux. On doit beaucoup aux gens qui vous ont fait confiance. Je me
suis toujours souvenue de Doc dans mes prières!
Et puis cesse de ricaner! m'intima-t-elle en sortant
brusquement une cigarette. Je dis mes prières.

— Je ne ricane pas. Je souris. Tu es l'être le plus
étonnant qui soit!

— C'est possible », dit-elle, et son visage alangui et
qui semblait même plutôt meurtri dans la lumière du
matin s'éclaira. Elle lissa ses cheveux ébouriffés et
leurs couleurs brillèrent comme sur une réclame
de shampooings. « Je dois avoir l'air d'une sorcière.
Mais mets-toi à ma place. Nous avons passé le reste

de la nuit à tourner autour d'une station d'autobus. Jusqu'à la dernière minute Doc a cru que je partirais avec lui. Et pourtant je n'arrêtais pas de lui répéter : " Mais Doc, je n'ai plus quatorze ans et je ne suis plus Lulamae. " Seulement, le pire –, et je m'en rendais compte pendant que nous attendions là-bas –, c'était que je le suis toujours. Je continue à voler des œufs de dinde et à me déchirer aux buissons. Seulement, maintenant, j'appelle ça le cafard. »

Joe Bell planta dédaigneusement devant nous les nouveaux martinis.

« Ne vous attachez jamais à une créature sauvage, mister Bell! lui conseilla Holly. C'est l'erreur que Doc a faite. Il revenait toujours à la maison encombré de créatures sauvages. Un faucon avec une aile blessée, et même une fois un lynx adulte avec une patte cassée. Mais on ne peut pas s'attacher à une bête sauvage. Plus vous le faites et plus elle reprend des forces jusqu'à ce qu'elle en ait assez pour retourner dans les bois ou grimper à un arbre, puis à un arbre plus haut et finalement c'est le ciel. C'est comme ça que vous finirez, mister Bell, si vous vous mettez à aimer une bête sauvage. Vous finirez le nez en l'air.

– Elle est ivre! me dit Joe Bell.

– Modérément! admit Holly. Mais Doc a très bien compris ce que je voulais dire. Je le lui ai expliqué très soigneusement et c'est quelque chose qu'il pouvait comprendre. Nous nous sommes serré la main, et nous nous sommes serrés l'un contre l'autre et il m'a souhaité bonne chance. » Elle consulta la pendule. « Il doit être dans les Montagnes Bleues à l'heure qu'il est!

— Qu'est-ce qu'elle raconte? » me demanda Joe Bell.

Holly leva son martini. « Nous aussi, nous souhaitons bonne chance à Doc. » Elle toucha mon verre avec le sien. « Bonne chance, et crois-moi, mon Doc bien-aimé, mieux vaut regarder le ciel que d'y être. C'est un endroit si vide, si vague. Juste l'endroit où se promène le tonnerre et où les choses disparaissent. »

TRAWLER ÉPOUSE SA QUATRIÈME. C'est en métro, quelque part dans Brooklyn, que je lus cette manchette. Le journal qui l'affichait appartenait à un autre passager. Tout ce que je pus lire du texte c'était que « *Rutherfurd (Rusty) Trawler, le play boy millionnaire souvent accusé de sympathiser avec les nazis, s'était envolé vers Greenwich la veille, en compagnie d'une belle...* ».

Non que j'eusse envie d'en lire davantage. Holly l'avait donc épousé? Parfait! Parfait. J'aurais voulu me voir sous les roues du train. Mais j'en avais déjà envie avant d'avoir repéré le titre. Pour un tas de raisons. Je n'avais pas rencontré Holly, du moins pour ainsi dire pas depuis notre dimanche d'ébriété dans le bar de Joe Bell. Les semaines suivantes m'avaient apporté ma propre ration de cafard. Premièrement j'avais été balancé de mon emploi, non sans raison et pour un méfait comique trop compliqué pour le raconter ici. D'autre part, ma situation financière me valait d'être l'objet d'une inconfortable attention. Et finalement, ayant échappé depuis peu aux réglementations d'une

petite ville, l'idée d'entrer en contact avec une autre
forme de discipline me rendait enragé. Entre l'état
de mon chéquier et mon manque de spécialisation,
je ne voyais pas comment je pourrais trouver un
autre emploi. C'est pourquoi je me trouvais dans
le métro de Brooklyn, revenant d'une entrevue
décourageante avec l'éditeur d'une revue maintenant défunte. Tout cela, s'ajoutant à la chaleur cita-
dine de l'été, m'avait réduit à un état d'abattement
nerveux. Aussi étais-je plus qu'à demi sincère *quand*
je me souhaitais sous les roues du train. La manchette rendait mon désir encore plus positif. Si
Holly était capable d'épouser ce « ridicule fœtus »
alors, tout ce qui circulait de mauvais par le monde
pouvait aussi bien me fouler aux pieds. A moins
que, la question est d'importance, mon impression d'outrage fût en fonction de l'amour que
j'éprouvais moi-même pour Holly. Un peu sans
doute. Car je l'aimais comme j'avais aimé la cuisi-
nière de couleur (et plus qu'adulte) de ma mère, et un
facteur qui me laissait l'accompagner dans ses tournées, et une famille entière nommée McKendrick.
Ce genre d'amour engendre lui aussi la jalousie.

Quand j'arrivai à ma station j'achetai un journal,
et lisant l'information jusqu'au bout, appris que la
jeune épouse de Rusty était *une belle cover-girl, ori-
ginaire des collines de l'Arkansas, Miss Margaret Thatcher
Fitzhue Wildwood.* Mag! De soulagement, mes
jambes plièrent au point que je pris un taxi pour
le reste du trajet.

Mme Spanella s'élança au-devant de moi dans le
vestibule, l'œil fou et se tordant les mains.

« Courez! cria-t-elle. Allez chercher la police.

Elle est en train de tuer quelqu'un. Quelqu'un la
tue! »

On l'aurait cru. On eût dit que des tigres étaient
en liberté dans l'appartement de Holly. C'était un
tumulte de verre brisé, de rideaux déchirés, de
chutes, de meubles renversés. Mais l'absence de
voix furieuses au centre de ce pandémonium le faisait
paraître anormal. « Courez, glapissait Mme Spanella
en me poussant. Appelez la police criminelle! »

Je courus, mais seulement en direction de la porte
de Holly. Mes coups de poing eurent un résultat. Le
bruit s'atténua, s'arrêta complètement. Mais mes
supplications pour qu'on me laissât entrer demeu-
rèrent vaines, de même que mes efforts pour enfoncer la porte se soldèrent par une épaule contusion-
née. Puis, d'en bas, j'entendis Mme Spanella intimer
à quelque nouveau venu d'aller chercher la police.
« La ferme, lui fut-il répondu. Laissez-moi passer! »

C'était José Ibarra-Jaegar. Non plus sous son
aspect d'élégant diplomate brésilien, mais en sueur
et l'air effrayé. Il m'ordonna à mon tour de le laisser passer, et se servant de sa clef ouvrit la porte.
« C'est ici, docteur Goldman! » dit-il en faisant
signe d'avancer à un homme qui l'accompagnait.

Attendu que personne ne s'y opposa, je le suivis
dans l'appartement qui était inimaginablement sac-
cagé. L'arbre de Noël était enfin démantelé au sens
le plus littéral. Ses sèches branches brunes
s'étalaient sur un amoncellement de livres lacérés,
de lampes cassées et de disques de phono. Le réfri-
gérateur lui-même avait été vidé de son contenu
éparpillé dans la pièce. Des œufs crus dégoulinaient
le long des murs et au beau milieu des débris le chat

sans nom de Holly léchait sereinement une flaque de lait.

Dans la chambre, l'odeur des bouteilles de parfum brisées me suffoqua. Je marchai sur les lunettes noires de Holly. Elles étaient tombées à terre, les verres déjà brisés, la monture cassée en deux.

C'est sans doute pour cela que Holly, étendue rigide sur le lit, fixait José d'un air aveugle et ne semblait pas voir le médecin, qui, lui tâtant le pouls, susurrait : « Voilà une jeune personne fatiguée. Très fatiguée. Et qui voudrait bien dormir, n'est-ce pas. Dormir... »

Holly se frotta le front, y laissant une tache de sang provenant d'une coupure au doigt. « Dormir », dit-elle, et bredouilla plaintivement comme un enfant épuisé, agité. « Il n'y a que lui qui m'ait jamais laissée dormir tranquille. Qui m'ait laissée m'accrocher à lui quand il faisait froid la nuit. J'ai vu un endroit au Mexique. Avec des chevaux. Près de la mer. »

« Avec des chevaux. Près de la mer... » chantonna le médecin cherchant dans sa trousse noire une seringue hypodermique.

José tourna la tête, écœuré à la vue de l'aiguille. « Sa maladie, ce n'est que du chagrin ? » demandat-il, son anglais laborieux prêtant à la question une involontaire ironie. « Ce n'est que du chagrin ? »

« Là ! Ça ne vous a pas fait mal du tout ? » demanda le médecin en essuyant à petits coups proprets le bras de Holly avec une mèche d'ouate.

Elle revint suffisamment à elle pour fixer le médecin.

« *Tout* me fait mal. Où sont mes lunettes? »
Mais elle n'en avait pas besoin. Ses yeux déjà se
fermaient d'eux-mêmes.

« Ce n'est que du chagrin? insistait José.

— S'il vous plaît, monsieur — avec lui, le médecin
se montrait très sec — veuillez me laisser seul avec
la malade. »

José se retira dans la pièce du devant où il donna
libre cours à sa colère sur une Mme Spanella fure-
teuse qui s'était insinuée sur la pointe des pieds.
« Ne me touchez pas, ou j'appelle la police »,
menaça-t-elle tandis qu'il la fouaillait vers la porte
à coups de jurons portugais.

Il avait bien envie d'en faire autant avec moi,
à en juger d'après l'expression de son visage. Mais
en fin de compte il m'offrit un verre. La seule
bouteille qui ne fût pas brisée contenait du vermouth sec. « J'ai une crainte, me confia-t-il, une
crainte que tout ceci ne cause du scandale. Cette
façon de tout casser! De se conduire comme une
démente. Je ne puis me permettre un scandale
public. C'est très délicat. Mon nom. Mon travail... »

Il parut satisfait d'apprendre que je ne voyais là
aucun motif de « scandale ». Car on peut présumer
que démolir ce qu'on possède ne relève que des
initiatives privées.

« Ce n'est jamais qu'une affaire de chagrin!
déclara-t-il fermement. Quand cette tristesse est
arrivée, d'abord elle a commencé par jeter le verre
qu'elle buvait. Puis la bouteille. Les livres. Une
lampe. Alors je prends peur. Je cours chercher un
docteur!

— Mais pourquoi, demandai-je, pourquoi cet

accès à propos de Rusty? A sa place j'aurais plutôt dansé.

— Rusty? »

Je tenais encore mon journal et lui montrai le
titre en gros caractères.

« Oh! ça! fit-il grimaçant non sans mépris. Ils
nous ont rendu un grand service, Rusty et Mag.
Nous avons bien ri de penser qu'ils croyaient nous
briser le cœur, alors que tout le temps nous n'avions
qu'un désir c'était qu'ils partent. Je vous jure que
nous étions en train de rire quand la tristesse est
arrivée. »

C'était un télégramme qui venait de Tulip, Texas :

VENONS DE RECEVOIR AVIS DE LA MORT DU
JEUNE FRED TUÉ AU-DELA DES MERS EN SER-
VICE COMMANDÉ. STOP. TON MARI ET LES
ENFANTS SE JOIGNENT DANS LA TRISTESSE DE
NOTRE DEUIL MUTUEL. STOP. LETTRE SUIT.
TENDREMENT. DOC.

Holly ne parla plus jamais de son frère, sauf une
fois. Qui plus est, elle cessa de m'appeler Fred.
Pendant juin et juillet, à travers ces mois chauds,
elle hiberna comme un animal d'hiver qui n'aurait
pas su que le printemps était venu et reparti. Ses
cheveux foncèrent. Elle engraissa, devint quelque
peu négligente en matière de toilette, prit l'habitude de se précipiter au « delicatessen » du coin,
en imperméable et rien dessous. José s'installa dans
l'appartement, son nom remplaçant celui de Mag
sur la boîte aux lettres. Toutefois, Holly était fréquemment seule car José passait trois jours par

semaine à Washington. Pendant ses absences, elle
ne recevait personne et quittait rarement l'appartement sauf le jeudi quand elle allait à Sing-Sing
rendre sa visite hebdomadaire.

Cela ne veut pas dire qu'elle se désintéressait de
la vie. Bien au contraire elle semblait plus contente,
et, dans l'ensemble, plus heureuse que je l'eusse
jamais vue. Une ardeur vive, soudaine, et fort peu
Holly...ienne pour son intérieur l'incita à plusieurs
acquisitions également peu Holly...iennes. D'une
vente Parke-Bernet elle ramena une tapisserie :
« scène de chasse » représentant un cerf aux abois;
et provenant des propriétés de William Randolf
Hearst une lugubre paire de fauteuils gothiques,
dits confortables. Elle acheta aussi une bibliothèque
complète de modernes; des rayons entiers de
disques classiques, d'innombrables reproductions
du Musée d'Art métropolitain (y compris le mou-
lage d'un chat chinois que son propre chat prit
en haine et devant lequel il cracha avant de finir
par le casser). Elle acheta aussi un mixer, un four
perfectionné, et toute une collection de livres de
cuisine. Elle passait des après-midi entiers de
femme d'intérieur à traînailler dans le bain turc
de sa minuscule cuisine. « José dit que je fais mieux
la cuisine que le chef du " Colony ". Vraiment qui
aurait pu penser que j'avais des dons naturels aussi
extraordinaires? Il y a un mois, je ne savais même
pas faire des œufs brouillés. »

Elle continuait d'ailleurs à ne pas savoir les
faire. Des mets simples, grillades, salades classiques
la dépassaient. En revanche, elle nourrissait José
et, de temps à autre, moi-même, de soupes invrai-

semblables (de la tortue au brandy versée dans des écorces d'avocat), d'inventions néroniennes (du faisan rôti farci de kakis et de grenades) sans omettre de douteuses créations, telles que le poulet avec du riz au safran arrosé d'une sauce au chocolat (« Un mets national indien, mon cher! »). Les restrictions de guerre portant sur le sucre et la crème limitèrent son imagination quand elle en vint aux desserts. Toutefois, elle fabriqua certain jour un tapioca au tabac qu'il vaut mieux ne pas décrire.

Et ne pas décrire non plus ses efforts pour apprendre le portugais, épreuve aussi douloureuse pour moi que pour elle. Car chaque fois que je venais la voir, un album entier de disques Lingua-phone ne cessait de tourner sur le phonographe. A cette époque également, elle ne prononçait pas une phrase qui ne commençât par : « Quand nous serons mariés... » ou « Quand nous partirons pour Rio ». José cependant n'avait jamais parlé de mariage. Elle le reconnaissait. « Mais après tout, il sait que je suis enceinte? Parfaitement, chéri, je le suis. Depuis six semaines. Je ne comprends pas pourquoi cela t'étonne. Moi pas. Pas *un peu* du tout. Je suis ravie. Je voudrais en avoir au moins neuf. Je suis sûre que quelques-uns seront un peu teintés. José a un rien de sang *nègre*. Je suppose que tu t'en es aperçu! Ce qui fera un merveilleux mélange. Qu'est-ce qu'on peut imaginer de plus joli qu'un bébé un peu noir avec de beaux yeux verts brillants! J'aurais voulu – je te dispense de rire – que José m'ait eue vierge. Ce n'est pas que j'aie couru le guilledou, comme disent certaines personnes; et je n'en veux pas à ces bâtards de le dire. J'ai toujours fait sur les gens une impression si sexy! Pourtant j'ai fait le compte l'autre soir. Je n'ai eu que onze amants. Je ne parle pas bien entendu de ce qui est arrivé avant mes treize ans parce qu'après tout, ça, ça ne compte pas. Onze? Est-ce que cela fait de moi une p... Regarde Mag Wildwood et les autres! Elles ont tellement joué au " Prends-moi la main " que ça fait un concert d'applaudissements. Bien sûr, je n'ai rien contre les p... Sauf ceci. Quelques-unes tiennent peut-être des propos honnêtes, mais elles ont toutes un cœur qui ne l'est pas. Je veux dire que tu ne peux pas sauter sur un type et encaisser ses chèques sans *essayer* au moins de croire que tu 'aimes. Ça, je ne l'ai jamais fait. Pas même avec Benny Shacklett et tous ces rats. J'étais arrivée à m'hypnotiser sur leur compte au point de croire que leur mentalité de rats avait une certaine allure. Actuellement, Doc à part si tu tiens à compter Doc, José est mon premier amour pas rat. Oh! ce n'est pas qu'il corresponde à mon idée de la perfection absolue. Il dit des petits mensonges. Il s'inquiète de savoir ce que pensent les gens, et il se baigne cinquante fois par jour. Les hommes devraient avoir une *petite* odeur. Il est trop correct, trop prudent pour être mon type idéal. Il se tourne toujours pour se déshabiller, et il fait trop de bruit en mangeant, et je n'aime pas le voir courir parce qu'il est toujours un peu comique quand il court. Si j'étais libre de choisir parmi tous les êtres vivants, de faire signe du doigt, et de dire "Viens, toi! " ce n'est pas José que j'appellerais. Nehru me plairait davantage ou Wendell Wilkie. Mais je commencerais par choisir Garbo. Pourquoi pas? Les gens devraient

être capables d'épouser des hommes ou des femmes,
et toi-même, si tu venais me trouver en me disant
que tu veux convoler avec un cheval de course, je
respecterais tes sentiments. Non. Je parle sérieuse
ment. L'amour devrait être permis. Je suis pour
cette idée-là maintenant que je commence à me
faire une idée à peu près exacte de ce que c'est.
Parce que j'aime José, je m'arrêterais de fumer
s'il me le demandait. Il est *amical,* il arrive à me
dérider pendant mes pires cafards bien que je n'en
aie plus guère maintenant que de temps à autre, et
même ils ne sont plus tellement hideux que j'aie à
prendre du Seconal ou à me traîner chez Tiffany.
Et puis je porte son costume au teinturier, je farcis
des champignons et je me sens bien et même épa-
tante. Autre chose, j'ai envoyé au diable mes horos-
copes. Je crois bien que chaque damnée étoile de
tout le damné système planétaire m'a coûté un
dollar. C'est la barbe, mais la réponse c'est que
les bonnes choses n'arrivent qu'aux gens qui sont
bons. Bons! Honnêtes serait plutôt ce que je veux
dire. Pas honnêtes au sens de la loi. Je pillerais une
tombe, et je volerais une pincée des yeux d'un mort
si je pensais que cela peut contribuer à égayer ma
journée. Mais honnête par rapport à soi-même.
Sois n'importe quoi sauf un lâche, un imposteur,
un filou sentimental, une p... J'aimerais mieux
avoir un cancer qu'un cœur malhonnête. Ce n'est
pas une vertueuse proclamation, c'est une attitude
pratique. Le cancer *peut* vous refroidir mais les
autres choses le font certainement. Oh! et puis ça
va, mon petit. Passe-moi ma guitare et je vais te
chanter une " fada " dans le portugais le plus pur! »

Ces dernières semaines couvrant la fin de l'été et le début d'un autre automne restent confuses dans mon souvenir, sans doute parce que notre mutuelle compréhension avait atteint ces profondeurs si douces qui font que deux êtres communiquent plus par des silences que par des mots. Une sérénité tendre remplace les tensions, les bavardages nerveux, et cette fièvre perpétuelle qui produit dans une amitié plus spectaculaire, davantage, en surface du moins, de dramatiques moments.

Souvent, lorsqu'il était absent (j'éprouvais maintenant de l'hostilité à son égard et j'employais rarement son nom) nous passions ensemble des soirées entières au cours desquelles nous n'échangions pas cent paroles. Une fois, nous allâmes à pied jusqu'au quartier chinois. Nous nous offrîmes un souper chow-mein, achetâmes quelques lanternes de papier et volâmes une boîte de bâtonnets de prière. Puis nous déambulâmes vers le pont de Brooklyn. Sur le pont, comme nous guettions les navires qui gagnaient la mer entre les falaises d'un couchant embrasé, elle dit : « Dans des années à partir de maintenant, des années et des années, un de ces navires me ramènera, moi et mes neuf gosses brésiliens. Parce que, oui, parce qu'il faut qu'ils voient cela, ces lumières, cette rivière. J'aime New York, bien que ce ne soit pas à moi dans le sens où les choses vous appartiennent : un arbre, une rue, une maison. Mais quand même quelque chose là m'appartient parce que je lui appartiens. » Je dis : « Oh, la ferme! » parce que je me sentais abandonné, un remorqueur en cale sèche, tandis qu'elle, brillante voyageuse, en route vers une des-

tination assurée, voguait le long du port parmi les
roulades des sifflets et les confetti.

Ainsi ces jours, ces derniers jours errent dans
ma mémoire; brumeux, automnaux, se ressemblant
comme des feuilles, jusqu'à ce jour qui ne ressem-
bla à aucun de ceux que j'eusse vécus.

Cela tomba par hasard un 30 septembre, date de
ma naissance, un fait sans répercussion sur les événements, sauf que, m'attendant à quelque souvenir
d'ordre pécuniaire envoyé par ma famille, je guet-
tais avec impatience la visite matinale du facteur.
En fait, je descendis l'escalier pour l'attendre. Si
je n'avais pas traîné dans le vestibule, Holly ne
m'aurait pas demandé d'aller faire une promenade
à cheval, et n'aurait pas eu, de ce fait, l'occasion
de me sauver la vie.

« Viens avec moi, me dit-elle quand elle me
trouva guettant le facteur. Allons promener une
paire de chevaux autour du parc. » Elle portait
une veste de cuir, des blue-jeans, et des souliers
de tennis. Elle claqua son ventre en me faisant
observer qu'il était plat. « Ne crois pas que j'ai
l'intention de semer l'héritier. Mais il y a une
jument, ma chère vieille Mabel Minerva... Je ne
veux pas partir sans dire au revoir à Mabel Minerva.

— Au revoir ?

— De samedi en huit. José a pris les billets. »

Comme en transe je la laissais me précéder dans
la rue. « Nous changeons d'avion à Miami. Puis
par-dessus la mer et les Andes. Taxi! »

Par-dessus les Andes! Dans la voiture qui nous
emmenait à travers Central Park, il me sembla que

moi aussi je volais, désolé, par-dessus des sommets neigeux et de dangereuses contrées.

« Mais ce n'est pas possible! Après tout pourquoi? Oui pourquoi? Enfin tu ne peux vraiment pas partir et abandonner tout le monde!

— Je ne crois pas qu'on me regrettera. Je n'ai pas d'amis.

— Je te regretterai. Tu me manqueras. Et à Joe Bell aussi et... à des millions d'autres. Comme Sally. Pauvre M. Tomato.

— J'aimais bien mon vieux Sally, dit-elle et soupira. Tu sais, il y a un mois que je ne suis pas allée le voir. Quand je lui ai dit que j'allais partir il a été un ange. Et même, figure-toi — elle fronça les sourcils —, il avait l'air *enchanté* que je quitte le pays. Il m'a dit que c'était pour le mieux, parce que, tôt ou tard, on pourrait avoir des embêtements, si l'on découvrait que je n'étais pas sa vraie nièce. Son homme de loi, O'Shaughnessy, ce gros père, m'a envoyé cinq cents dollars, en espèces comme cadeau de mariage de Sally. »

J'eus envie d'être méchant. « Tu ne prétends pas que je te ferai un cadeau moi aussi, quand le mariage aura lieu, s'il a lieu! »

Elle rit. « Il m'épousera, n'aie pas peur. A l'église. Avec toute la famille présente. C'est pour ça que nous attendons d'être à Rio.

— Sait-il que tu es déjà mariée?

— Qu'est-ce qui te prend? essaies-tu de gâcher la journée. Il fait si beau. Parlons d'autre chose.

— Mais il y a quand même un risque!

— Pas le moindre risque. Je te l'ai déjà dit. Ce n'était pas légal. Ça ne pouvait pas l'être. »

Elle se frotta le nez, me regarda de côté.

« Essaie seulement de raconter cette histoire à âme qui vive, mon chéri, et je te prends par les orteils et te fais cuire comme un hérisson. »

Les écuries — elles ont été je crois remplacées par des studios de télévision — se trouvaient dans la 66e Rue, Holly choisit pour moi une vieille jument pie. « N'aie pas peur. Elle est plus stable qu'un berceau. » Ce qui dans mon cas était une garantie nécessaire, car les promenades à dos de poney, pour dix francs aux fêtes enfantines, constituaient la limite de mes exploits équestres. Holly m'aida à me hisser en selle puis monta sa propre jument, un animal à la robe argentée qui prit la tête, tandis que nous zigzaguions à travers le trafic de Central Park Ouest avant d'emprunter une piste cavalière tachetée de feuilles autour desquelles dansaient les dénudantes brises.

« Regarde, cria-t-elle. Comme c'est beau! »

Et ce le fut soudain. Soudain, observant les couleurs mêlées des cheveux de Holly étinceler dans la lumière d'or rouge des feuilles, je me pris à l'aimer assez pour oublier et moi-même et mes égoïstes chagrins et pour être heureux que quelque chose en quoi elle voyait le bonheur fût sur le point d'arriver. Très doucement, les chevaux se mirent à trotter. Des vagues de vent nous éclaboussaient, souffletaient nos visages. Nous plongions tour à tour dans des flaques de soleil et d'ombre, et la joie, l'enivrement du bonheur de vivre me percèrent comme un trait de feu. Cela dura une minute. La minute suivante, la farce intervint sous un déguisement sinistre.

Car tout à coup, comme des sauvages dans une embuscade de jungle, une troupe de gamins nègres bondit des buissons qui bordaient le sentier. Sifflant, jurant, ils nous lancèrent des pierres, et fouettèrent avec des branches la croupe des chevaux.

Le mien, la jument noire et blanche, se dressa sur ses jambes arrière, hennit, vacilla comme un danseur de corde puis fila le long du sentier faisant sauter mes pieds hors des étriers en m'y laissant précairement attaché. Ses sabots arrachaient des étincelles aux graviers. Le ciel bascula. Des arbres, un lac avec des bateaux d'enfants, des statues tourbillonnèrent. Des nurses s'élancèrent pour garer leurs ouailles de notre épouvantable approche. Des promeneurs, des clochards, d'autres encore hurlèrent : « Tirez sur les rênes! » Et puis « Whoa! Whoa! Whoa! » Et aussi : « Sautez! » Plus tard seulement, je me souvins de ces voix. Sur le moment, je n'avais conscience que de Holly, de la résonance de cow-boy de son galop, derrière moi. De Holly qui, ne parvenant pas à me rattraper, me criait sans arrêt des encouragements. Tout droit, à travers le parc et hors du parc dans la Cinquième Avenue. Bondissant au-devant de la circulation en plein midi, au-devant des taxis et des autobus qui freinaient et qui dérapaient avec des grincements. Passant l'hôtel particulier des Duke, le musée Frick, l'hôtel Pierre, et le Plaza... Mais Holly gagnait du terrain. De plus, un agent à cheval s'était joint à la poursuite. Flanquant à droite et à gauche ma jument emballée, leurs montures opérèrent une manœuvre de pinces qui l'arrêtèrent enfin, écumante. C'est alors seulement que je roulai de son dos. Je tombai, me relevai, restai immobile sans très bien comprendre où j'étais. Des badauds se rassemblaient. L'agent se mit en colère, écrivit dans un carnet, puis brusquement devint très amical, sourit et nous dit qu'il allait s'arranger pour faire reconduire nos chevaux à leur manège.

Holly nous installa dans un taxi. « Chéri, comment te sens-tu?

— Très bien.

— Mais je ne trouve plus ton pouls, dit-elle, tâtant mon poignet.

— Alors c'est que je suis mort.

— Non, idiot. C'est sérieux. Regarde-moi. »

L'ennui, c'est que je ne parvenais pas à la voir, ou plutôt je voyais un trio de visages, baignés de sueur et si pâles d'anxiété que je me sentais à la fois ému et gêné. « Non vraiment, je te jure. Je ne sens rien. Sauf que j'ai honte.

— Je t'en prie. Es-tu bien sûr? Dis-moi la vérité. Tu aurais pu être tué.

— Mais je ne l'ai pas été. Et je te remercie. Pour m'avoir sauvé la vie! Tu es merveilleuse. Unique. Je t'aime.

— Imbécile! » Elle m'embrassa sur la joue. Puis je vis quatre Holly et tombai raide évanoui.

Ce soir-là, des photographies de Holly parurent en première page de la dernière édition de l'*American Journal,* et dans les premières éditions du *Daily News* et du *Daily Mirror.* Cette publicité n'avait rien à voir avec nos chevaux emballés. Elle se rapportait à tout autre motif, à en juger par les gros

titres. ARRESTATION D'UNE PLAYGIRL IMPLIQUÉE DANS
UNE AFFAIRE DE NARCOTIQUES *(American Journal)*
ACTRICE ARRÊTÉE POUR TRAFIC DE DROGUE *(Daily
News)*. DÉCOUVERTE D'UN RÉSEAU DE STUPÉFIANTS.
ARTISTE EN VOGUE INTERROGÉE *(Daily Mirror)*.

De toute la série, les *News* publiaient la photographie la plus saisissante, celle de Holly pénétrant
dans les bureaux de la police, fermement encadrée
par deux solides détectives, l'un mâle, l'autre
femelle. Dans cette dégradante conjoncture, ses
vêtements mêmes (elle portait encore son costume
de cheval et ses blue-jeans) lui donnaient un air de
fille des rues, impression que renforçaient ses
lunettes noires, ses cheveux en désordre, et la cigarette qui pendait au coin de sa bouche maussade.
La légende courait ainsi : *Holly Golightly, ravissante
starlette de cinéma et célèbre habituée des bars à la mode,
serait la clef de voûte d'un racket international de stupéfiants en relation avec le racketer Salvatore (Sally) Tomato.
On voit ici les détectives Patrick Connor et Sheila Fezzo-
netti escortant la délinquante dans le bureau de police de
la 67ᵉ division. Voir les détails page 3.*

Les détails remplissaient trois colonnes et repro-
duisaient également la photographie d'un homme
dérobant son visage derrière un feutre et désigné
sous le nom de Olivier O'Shaughnessy. (Le Père
Olivier.) En voici, quelque peu condensé, les prin-
cipaux passages. *Les habitués des boîtes de nuit ont
appris avec stupeur l'arrestation de la prestigieuse Holly
Golightly, âgée de vingt ans, starlette de Hollywood et
connue surtout comme une des personnalités les plus en vue
du tout New York. Au même instant, 2 heures, la police
mettait le grappin sur Olivier O'Shaughnessy, cinquante-*

deux ans, résident à l'hôtel Seabord W. 49ᵉ, au moment
où il sortait du « Paradis des Hamburgers » dans Madison
Avenue. Tous deux sont considérés par le district attorney
Franck L. Donovan comme des membres notoires d'un cir-
cuit international de drogue dominé par le célèbre prince
de la mafia, Salvatore (Sally) Tomato, présentement à
Sing-Sing où il purge une peine de cinq ans pour trafic
d'influence. O'Shaughnessy, un prêtre défroqué, est géné-
ralement connu dans les milieux de la pègre sous les noms
de « Père » ou de « Padre ». Son curriculum d'arresta-
tions remonte jusqu'en 1934 quand il fut incarcéré pendant
deux ans pour avoir dirigé une prétendue clinique psychia-
trique : « Le Monastère » dans Rhode Island. Miss Golight-
ly, dont le casier judiciaire est vierge jusqu'à ce jour, a été
arrêtée dans son luxueux appartement, à une adresse des
plus cotées d'East River... Bien que les bureaux du D.A.
n'aient pas publié jusqu'ici de charges formelles, on sait de
sources bien informées que la blonde et belle actrice qui
était, il y a peu de temps encore, la compagne attitrée du
multimillionnaire Rutherfurd Trawler, servait d'agent de
liaison entre Tomato et son lieutenant O'Shaughnessy...
Se donnant pour une parente de Tomato, Miss Golightly
passe pour avoir rendu à Sing-Sing des visites hebdoma-
daires, et lors de ces visites, Tomato lui confiait des mes-
sages verbaux en code qu'elle transmettait à O'Shaugh-
nessy. Grâce à elle Tomato, que l'on suppose né à Cefalu
(Sicile) en 1874, put garder la haute main sur le syndicat
mondial des narcotiques, et ses bureaux du Mexique, de
Cuba, de la Sicile, de Tanger, de Téhéran et de Dakar.
Au siège du D.A. on refuse de donner des détails sur ces
allégations et même de les commenter... Alertés, un grand
nombre de reporters se trouvaient au siège de la Police E.
67ᵉ rue quand les accusés arrivèrent pour leur identifi-

cation. O'Shaughnessy, un homme corpulent à cheveux roux, se refusant à tout commentaire, décocha un coup de pied dans l'aine à un des photographes. Mais Miss Golightly, d'aspect fragile en dépit de son accoutrement de garçon manqué (veste de cuir et blue-jeans), paraissait relativement indifférente. « Ne me demandez pas ce que signifie cette ridicule histoire, dit-elle aux reporters, parce que, mes chers, je n'en sais rien. Oui, je suis allée voir Sally Tomato. J'y allais même toutes les semaines. Où est le mal ? Il croit en Dieu, et moi aussi... »

Puis, au-dessous du sous-titre : ADMET QU'ELLE USE ELLE-MÊME DE STUPÉFIANTS : *Miss Golightly sourit quand un reporter lui demanda si elle prenait elle-même des narcotiques :* « *J'ai fait un petit essai de marijuana. Ce n'est pas à moitié aussi dangereux que le brandy. Et c'est meilleur marché. Malheureusement, je préfère le brandy. Non. Mr. Tomato ne m'a jamais parlé de drogues. Je suis furieuse de voir comment ces gens horribles s'obstinent à le persécuter. C'est un être sensible et pieux. Un cher vieil homme !* »

Une erreur particulièrement grossière caractérisait entre autres choses ce rapport. Holly n'avait pas été arrêtée dans son luxueux appartement, mais dans ma propre salle de bains. J'y noyais bénéfiquement les douleurs de ma randonnée à cheval, dans une baignoire d'eau bouillante enrichie de sels d'Epsom. Holly, infirmière attentive, était assise sur le rebord de la baignoire, attendant le moment de me frictionner d'embrocation et de me border dans mon lit. On frappa un coup à la porte, et comme elle n'était pas verrouillée Holly cria « Entrez ! » Et Mme Sapphia Spanella parut, escortée d'une paire de détectives en civil dont l'un d'eux, une dame, avait le crâne encordé d'épaisses nattes jaunes.

« La voilà, la femme que vous cherchez! » beugla Mme Spanella envahissant la salle de bains et désignant du doigt, d'abord Holly, puis ma nudité. « Regardez-moi cette traînée! » Le détective mâle parut gêné, et par Mme Spanella, et par la situation, mais une lourde satisfaction épanouit le visage de sa compagne. Elle abattit sa main sur l'épaule de Holly et, d'une voix qui était curieusement celle d'un enfançon, déclara : « Allons, sœurette, on va faire un tour! » A quoi Holly répondit froidement : « Ôtez de ma personne vos mains de ramasseuse de coton, espèce de sinistre vieille lesbienne baveuse! » Ce qui exaspéra la dame. Elle gifla Holly si brutalement que sa tête tourna sur son cou et que la bouteille de liniment, volant de ses mains, se brisa en miettes sur le carrelage, et moi m'extirpant de mon bain pour contribuer à la mêlée, je marchai dessus et faillis me trancher les deux orteils. Nu, et traçant un sentier d'empreintes sanglantes, je suivis le cortège jusque sur le palier. Tandis que les détectives la poussaient en bas de l'escalier, Holly réussit à me crier ses instructions : « S'il te plaît, nourris le chat! »

Bien entendu j'avais accusé Mme Spanella de cette aventure. Elle s'était plainte plusieurs fois aux autorités au sujet de Holly. Il ne me vint pas à l'esprit que l'affaire pût prendre une importance tragique jusqu'à ce que, dans la soirée, Joe Bell vînt me voir en brandissant les journaux. Il était trop agité pour parler raisonnablement. Il tourna autour de la pièce en cognant ses poings l'un contre l'autre, tandis que je lisais les comptes rendus.

Puis il demanda : « Vous croyez que c'est vrai et qu'elle est mêlée à cette répugnante affaire?

— Je crois que oui! »

Il fourra une pastille dans sa bouche et me regardant avec fureur la mâcha comme s'il mâchait mes os.

« Eh bien, mon garçon, c'est une honte! Et vous dites que vous êtes son ami! Espèce de bâtard!

— Minute! Je n'ai pas dit qu'elle y était mêlée sciemment. Elle ne l'était pas. Mais elle a quand même servi. Elle a transmis des messages et Dieu sait quoi! »

Il fit : « Vous prenez ça plutôt calmement. Non? Jésus! Elle pourrait attraper dix ans! Et plus! » Il m'arracha les journaux des mains. « Vous connaissez ses amis, les types riches. Venez au bar avec moi et on va téléphoner. Notre Holly va avoir besoin de plus d'avocats marrons que je ne peux lui en payer. »

J'étais trop contusionné, trop secoué pour m'habiller tout seul. Joe Bell dut m'aider. Une fois dans son bar, il me cala dans la cabine téléphonique avec un triple martini et un verre à brandy plein de jetons. Mais je n'arrivais pas à savoir qui appeler. José était à Washington et je n'avais pas la moindre idée de l'endroit où je pouvais le joindre. Rusty Trawler? Pas cette larve! Oui mais quels autres amis que je ne connaissais pas? Holly avait peut-être dit vrai en déclarant qu'elle n'en avait pas. Pas des vrais.

J'appelai Crestview 5.6958 à Beverly Hills, adresse que les renseignements « longue distance » me donnèrent comme étant celle de O. J. Berman. La per-

sonne qui me répondit me fit savoir que l'on massait
Mr. Berman lequel, de ce fait, ne pouvait être
dérangé. Regrets. Rappelez un peu plus tard. Joe
Bell, hors de lui, me reprocha de n'avoir pas dit
que c'était une affaire de vie ou de mort. Il insista
ensuite pour que j'essaie d'avoir Rusty. J'obtins
d'abord le maître d'hôtel de Mr. Trawler. Il m'apprit que M. et Mme Trawler étaient en train de dîner,
et pouvait-il transmettre un message? Joe hurla
dans le récepteur : « C'est urgent, Meussieu! Vie
ou mort! » Le résultat ce fut que je me trouvai en
train de parler à, ou plutôt d'écouter celle qui avait
été Mag Wildwood. « Êtes-vous des sbires? Et
d'abord qu'est-ce que cela signifie? demanda-
t-elle. Mon mari et moi nous sommes
décidés à poursuivre en justice toute personne qui
aurait l'audace d'associer nos noms avec cette créature ré...ré...pugnante et dé...dégénérée. J'ai toujours dit que c'était une tête à l'évent, sans plus de
sens moral qu'une chienne en chaleur. Sa place
est en prison. Et mon mari est mille fois d'accord
avec moi... Nous poursuivrons toute personne
qui... ! » Je raccrochai et me souvins du vieux Doc
de Tulip, Texas. Mais non. Holly ne voudrait pas
que je l'appelle et me tuerait si je le faisais.

J'appelai de nouveau la Californie. Les lignes
étaient occupées, s'obstinaient à être occupées, et
quand je pus enfin avoir la communication avec
O. J. Berman, j'avais éclusé tant de martinis que ce
fut lui qui dut me dire pourquoi je lui téléphonais.
« C'est à propos de la gosse, hein? Je sais déjà tout,
et j'ai contacté Iggy Fitelstein. Iggy est le meilleur
avocat de New York. J'ai dit à Iggy de prendre l'af-

faire en main et de m'envoyer la note. Et sans me nommer, c'est clair. Mais je lui dois quelque chose à cette gosse. *Quelque chose,* si vous voulez savoir, mais pas *n'importe quoi.* Elle est folle c'est entendu. Une truqueuse mais ses trucs sont vrais. Vous me comprenez? De toute façon, il m'a demandé un cautionnement de dix mille dollars. N'ayez pas peur. Iggy vous la fera relâcher ce soir. Ça ne m'étonnerait pas qu'elle soit déjà chez elle. »

Mais elle n'y était pas. Et elle n'était pas non plus rentrée quand je descendis pour nourrir le chat. Comme je n'avais pas la clef de l'appartement, je montai par l'échelle d'incendie et entrai par une fenêtre. Le chat était dans la chambre, mais pas seul. Un homme se trouvait là, accroupi devant une valise. Nous échangeâmes, chacun de nous prenant l'autre pour un cambrioleur, d'inconfortables regards, tandis que je pénétrais dans la pièce. Il avait un joli visage, des cheveux gominés, et en outre ressemblait à José. Qui plus est, la valise qu'il était en train de remplir contenait les vêtements que José laissait chez Holly, les souliers et les costumes dont elle s'occupait avec tant de soin, qu'elle portait sans arrêt aux cordonniers et aux teinturiers. Je demandai, certain de la réponse : « C'est Mr. Ibarra-Jaegar qui vous a envoyé?

— Je suis son cousin, dit-il avec un sourire prudent et un accent tout juste intelligible.

— Où est José? »

Il répéta la question comme s'il la traduisait dans une autre langue. « Ah! *Où* elle est? Elle attend », dit-il et faisant semblant de m'ignorer se remit à ses occupations de valet.

Ainsi le diplomate prenait la poudre d'escampette. Pour tout dire je n'en étais pas surpris et encore moins chagriné. Cependant, quelle lamentable aventure! « Il mériterait d'être cravaché! »

Le cousin ricanait. Je suis sûr qu'il m'avait compris. Il boucla la valise et me tendit une lettre. « Mon cousin elle m'a dit de laisser ça pour sa camarade. Vous obligeriez! »

Sur l'enveloppe il avait griffonné : *Pour Miss H. Golightly. Aux bons soins du porteur.*

Je m'assis sur le lit de Holly, pris son chat dans mes bras, éprouvant autant de tristesse pour Holly qu'elle pouvait en éprouver pour elle-même.

« Oui, j'aurai l'obligeance... »

Et je l'eus sans en avoir envie le moins du monde. Mais je n'avais pas eu le courage de détruire la lettre ou assez de volonté pour la garder dans ma poche, lorsque Holly fit un essai timide pour me demander si, par hasard, je n'aurais pas de nouvelles de José? C'était deux matinées plus tard. J'étais assis à son chevet dans une chambre qui puait l'iode et les bassins. Une chambre d'hôpital. Elle était là depuis le soir de son arrestation. « Alors, chéri? » Ainsi m'accueillit-elle, tandis que j'avançais vers elle sur la pointe des pieds, portant une cartouche de ses cigarettes *Picayunes* et un gros bouquet des premières violettes d'automne. Puis : « J'ai perdu l'héritier! » Elle paraissait à peine douze ans, la pâle vanille de ses cheveux brossés en arrière, ses yeux, pour une fois privés des lunettes noires, clairs comme l'eau de pluie. On n'aurait jamais pu soupçonner à quel point elle avait été malade.

Et cependant c'était vrai. « Seigneur! J'ai vu le moment où j'allais passer. Sans blague. La grosse femme a bien failli m'avoir. Elle soufflait la tempête. Je crois bien que je ne t'avais jamais rien dit au sujet de cette grosse femme. D'ailleurs je n'ai rien su d'elle moi-même jusqu'à la mort de mon frère. Au premier moment je me demandais où il était parti et qu'est-ce que cela voulait dire, cette mort de Fred! Et puis tout à coup je l'ai vue. Elle était dans la chambre avec moi et elle tenait Fred dans ses bras comme un bébé. Une affreuse grosse femelle rougeaude se balançant dans un rocking-chair, avec Fred sur ses genoux, et riant comme un orphéon. L'ironie de tout ça! Mais c'est ce qui nous guette, mon ami. Cette vieille comédienne attendant de nous donner la dernière vieille réplique. Tu comprends maintenant pourquoi je suis devenue folle. Pourquoi j'ai tout cassé! »

A part l'homme de loi que O. J. Berman avait engagé, j'étais le seul visiteur qu'on eût permis. Elle partageait sa chambre avec d'autres malades, un trio de dames pareilles à des triplées, qui me regardaient avec une curiosité non pas malveillante mais totale et qui se murmuraient des questions en italien. Holly m'expliqua : « Elles croient que c'est toi qui as causé ma déchéance, mon chéri. Le type qui m'a déshonorée. » Et comme je suggérais qu'elle les rassurât, elle répondit : « Je ne peux pas. Elles ne parlent pas anglais. D'ailleurs je ne voudrais pour rien au monde les priver d'une distraction. » C'est à ce moment-là qu'elle m'interrogea au sujet de José

Dès qu'elle vit la lettre, elle loucha et ses lèvres se tordirent en un dur petit sourire qui la vieillit terriblement. « Chéri, me dit-elle, peux-tu atteindre le tiroir là-bas, et me donner mon sac? Une fille bien ne lit pas ce genre de lettres sans se mettre du rouge aux lèvres. »

Guidée par le miroir du poudrier elle se poudra, se farda, effaça de son visage le dernier reflet de la douzième année. Elle dessina ses lèvres avec un bâton, colora ses joues avec un autre, crayonna la bordure de ses yeux, bleuit ses paupières, vaporisa son cou avec du parfum, attacha des perles à ses oreilles et arbora ses lunettes sombres. Ainsi équipée et après un sévère examen critique de l'état déplorable de ses ongles, déchira l'enveloppe de sa lettre, et laissa son regard parcourir le texte tout entier tandis que son dur petit sourire devenait plus petit et plus dur. Éventuellement elle me demanda une *Picayune,* en tira une bouffée. « Goût vulgaire mais divin, fit-elle, et me jeta la lettre. Peut-être que cela pourra te servir si jamais tu écris le roman d'un rat. Non, ne te hérisse pas et lis tout haut J'aimerais moi-même l'entendre. »

Cela commençait par : « Ma petite fille chérie... »

Holly m'interrompit aussitôt. Elle voulait savoir ce que je pensais de l'écriture. Je n'en pensais rien. Serrée, parfaitement lisible, dénuée de toute fantaisie. « C'est tout lui, déclara-t-elle. Boutonné jusqu'au menton et constipé. Continue. »

« Ma petite fille chérie, je t'ai aimée, sachant que tu ne ressemblais pas aux autres femmes. Mais conçois mon désespoir quand j'ai découvert, d'une manière aussi brutale que publique, à quel point

tu es différente du genre de femme qu'un homme
de ma religion et de ma carrière est en droit de
choisir comme épouse. Je suis véritablement peiné
de ta disgrâce dans les circonstances actuelles, et
je ne trouve pas dans mon cœur d'ajouter ma
condamnation à celles qui t'environnent. Aussi
j'espère que tu ne me jugeras pas, toi non plus.
J'ai ma famille à protéger ainsi que mon nom, et
je suis lâche quand ces principes sont en cause.
Oublie-moi, enfant ravissante. D'ailleurs je ne
suis plus ici. Je rentre chez moi. Que Dieu soit toujours avec toi et avec notre enfant. Puisse-t-il ne
pas ressembler à... José. »

« Eh bien?

— Dans un sens, cela paraît tout à fait honnête
et même touchant.

— Touchant! Cette espèce de faux jeton?

— Après tout, il reconnaît sa lâcheté, et d'après
son point de vue, tu dois reconnaître que... »

Holly toutefois refusa d'admettre ce qu'il fallait
reconnaître. Pourtant en dépit de son masque de
cosmétique, son visage la trahit. « Très bien. C'est
un rat, mais pas sans excuses. Un rat de première
grandeur. Le King-Kong des rats, comme Rusty,
comme Benny Shacklett. Mais, oh! malheur et
damnation, fit-elle en fourrant son poing dans sa
bouche comme un bébé qui hurle, je l'ai aimé, ce
rat! »

Le trio italien, pensant qu'il s'agissait d'une
scène de passion, et assignant aux imprécations
de Holly le responsable qu'elles avaient choisi,
firent de la langue des « tut, tut, tut » dans ma
direction. J'en fus flatté, fier aussi que quelqu'un

pût penser que Holly tenait à moi. Elle se calma
quand je lui offris une autre cigarette. Elle avala
la fumée et me dit : « Que Dieu te bénisse, Buster,
et bénis-toi, toi-même, d'être un aussi mauvais
cavalier. Si je n'avais pas été obligée de jouer les
Calamity Jane, je serais encore en train d'envisager
une retraite, dans un home pour les petites mères
non mariées. Exercice violent. C'est ça la cause
de tout. Mais j'ai fait vomir de la m... à tout le
département des officiels, en disant que c'était parce
que leur Miss Dykeroo m'avait battue. Oui, monsieur. Je peux les attaquer pour diverses raisons, à
commencer par une arrestation arbitraire. »

Jusque-là, nous avions évité de parler de ses tri-
bulations les plus graves. Le ton désinvolte de son
allusion me parut effarant et pathétique, tant il
révélait son incapacité de mesurer les amers problèmes qui la guettaient.

« Écoute-moi, Holly. (Je me disais : " Sois fort,
parle comme un adulte, comme un oncle ") il ne
faut pas traiter cela à la légère. Il s'agit de tirer des
plans.

— Tu es trop jeune pour être solennel, et trop
petit! Au fait, en quoi est-ce que cela te regarde?

— En rien, sauf que je suis ton ami, et que je suis
inquiet! Je voudrais savoir ce que tu comptes
faire. »

Elle se frotta le nez et concentra son attention
sur le plafond.

« Aujourd'hui, nous sommes mercredi, n'est-ce
pas? Donc je suppose que je vais dormir jusqu'à
samedi, m'octroyer une vraiment bonne détente.
Samedi matin je filerai jusqu'à la banque. De là

je m'arrêterai à l'appartement pour prendre une chemise de nuit ou deux, et ma robe de Mainbocher. Ensuite je me rendrai à Iddlewild où, comme tu le sais fichtrement bien, j'ai une place de choix retenue sur un avion de choix. Et comme tu es le meilleur des amis, je te permettrai d'agiter le mouchoir des adieux. Je t'en supplie, ne hoche pas la tête comme ça.

— Holly, Holly, tu ne peux pas faire ça!

— Et pourquoi pas? Je ne galope pas après José, si c'est ça que tu crains. En ce qui concerne mon cadastre il est déjà un habitant de la lune. C'est simplement que je me dis : Pourquoi perdre un parfaitement excellent billet? Et déjà payé. D'autre part, je ne connais pas le Brésil.

— Avec quelle espèce de pilules est-ce qu'on te nourrit ici? Est-ce que tu ne peux pas comprendre que tu es sous le coup de poursuites? S'ils s'aperçoivent que tu sautes par-dessus le cautionnement, ils vont t'enfermer pour de bon! Et même si tu réussis à leur filer entre les jambes, tu ne pourras plus jamais revenir.

— A la grâce de Dieu! De toute façon, un pays c'est où on se sent chez soi. Je ne l'ai pas encore trouvé.

— Non, non, Holly, c'est stupide. Tu es innocente. Reste pour le prouver. »

Elle fit : « Taratata » et me souffla de la fumée dans le nez. Toutefois je l'avais impressionnée. Des visions pénibles dilataient son regard comme le mien. Des chambres métalliques, des corridors d'acier sur lesquels des portes se fermaient l'une après l'autre. « Oh! ça va, fit-elle en écrasant sa

cigarette. J'ai une chance sérieuse qu'ils ne me
pincent pas. Seulement, toi, bouche cousue! Écoute-
moi et ne me méprise pas mon chéri. » Elle posa
sa main sur la mienne et la pressa avec une subite,
une infinie sincérité. « Je n'ai guère de choix. J'en
ai parlé avec l'avocat (oh! je n'ai pas mentionné
Rio, car il préviendrait lui-même les argousins, plutôt que de perdre ses honoraires sans parler des sous
que Berman a décaissés pour le cautionnement).
Dieu bénisse le cœur de O. J. Mais autrefois, sur
la Côte, je l'ai aidé à gagner plus de dix mille dollars sur un simple coup de poker. Nous sommes
quittes. Non, là où ça ne va plus, et ce que les
argousins veulent, c'est faire de moi un témoin
contre Sally. Personne n'a la moindre intention
de me faire un procès Ils n'ont pas l'ombre d'une
preuve. Eh bien, écoute mon joli, je suis peut-être
pourrie jusqu'à l'os, mais témoigner contre un ami,
ça jamais! Quand bien même on prouverait qu'il
a drogué tout un couvent. Ma mesure, c'est comment on me traite et comment on traite le vieux
Sally. C'est entendu, il n'a pas été absolument correct avec moi, disons qu'il a tiré de moi un avantage,
mais ça n'empêche que ce même Sally est quelqu'un
d'honnête. Et j'aimerais mieux que la grosse femme
s'empare de moi, plutôt que de laisser les bons-
hommes de la loi s'emparer de lui. » Levant le
miroir de son poudrier au-dessus de son visage et
répartissant son rouge avec son petit doigt elle dit :
« Et puis, pour être franche, ce n'est pas tout. Il
y a certains éclairages qui ne conviennent pas à un
teint de jeune fille. Même si le jury me décorait de
la valeur militaire, il n'y a plus d'avenir pour moi

dans le voisinage. Ils dresseraient toutes les barrières, de chez " La Rue " au " Perona ", et de bar en grill. Crois-moi je serais aussi bien reçue que la peste. Et si ta vie dépendait, comme la mienne, de certains talents, tu comprendrais, mon Cookie, le genre de banqueroute que je te décris. Et crois bien que je n'envisage pas une dégringolade qui m'amènerait aux alentours de Roseland, à danser ventre à ventre avec les clochards du West Side. Tandis que l'exquise Mme Trawler promènerait son tsoin-tsoin à l'ombre de Tiffany. Ça je ne le pourrais pas! Cent fois plutôt la grosse femme! »

Une infirmière glissant sans bruit dans la chambre nous apprit que l'heure de la visite était passée. Holly commença à récriminer et fut interrompue par un thermomètre qu'on lui planta dans la bouche. Mais comme je prenais congé, elle enleva ce bouchon pour me dire : « Fais quelque chose pour moi, mon chéri. Téléphone au *Times* ou à qui tu voudras pour m'obtenir la liste des cinquante types les plus riches du Brésil. Non, je ne blague pas. Les cinquante les plus riches sans distinction de race ni de couleur. Autre service. Fouille dans mon appartement jusqu'à ce que tu trouves la médaille que tu m'as donnée. Le saint Christophe. J'en aurai besoin pour le voyage. »

Le ciel était rouge le vendredi soir, et il tonna. Et le samedi, jour du départ, la ville oscillait dans des rafales diluviennes. Des requins auraient pu nager dans les airs, bien qu'il semblât improbable qu'un avion osât s'y risquer.

Mais Holly, ignorant avec quelle certitude joyeuse j'envisageais l'impossibilité de son départ, continua ses préparatifs. En se déchargeant sur moi du pire, il me faut le reconnaître. Car elle avait décidé que ce pourrait être dangereux pour elle d'approcher de la vieille maison. Elle avait raison. La maison était surveillée. Que ce fût par la police, la presse ou tout autre organisme intéressé, on n'aurait su le dire. C'était tantôt un homme, tantôt plusieurs qui guettaient le porche. Aussi avait-elle été de l'hô-
..... à la banque, et tout droit ensuite au bar de Joe Bell. « Elle ne croit pas qu'elle ait été suivie », m'annonça Joe quand il vint me dire que Holly souhaitait me voir chez lui aussi vite que possible, une demi-heure au plus, en lui apportant « ses bijoux, sa guitare, des brosses à dents, et le reste; et une bouteille d'un brandy vieux de cent ans (elle dit que vous la trouverez cachée au fond du panier de linge sale). Oui. Et puis le chat. Elle veut le chat. Mais au diable tout ça. Je trouve que nous ne devrions pas l'aider du tout. Il faudrait la protéger contre elle-même. Moi j'ai envie de prévenir les flics. Peut-être que si je retourne à la maison et que je lui prépare des drinks, je la soûlerai au point de la faire rester! »

Montant et descendant l'échelle d'incendie entre l'appartement de Holly et le mien, butant et glissant, bousculé par le vent, essoufflé, trempé jusqu'aux os (griffé jusqu'aux os également par le chat qui n'avait pas considéré d'un bon œil son transfert surtout par ce temps affreux), je réussis rapidement l'opération majeure qui consistait à rassembler les affaires requises pour le départ. Je trouvai même la médaille de saint Christophe. Tout était empilé sur le parquet de ma chambre, une poignante pyramide de soutiens-gorge, de souliers de bal et d'autres jolies choses que je tassai dans l'unique valise de Holly. Il restait des tas d'autres choses dont je bourrai des sacs d'épicerie en papier. Je me demandais comment je pourrais transporter le chat, jusqu'au moment où j'eus l'idée de le fourrer dans une taie d'oreiller.

Peu importe pourquoi, mais il m'était arrivé de marcher de La Nouvelle-Orléans jusqu'à Nancy's Landing sur le Mississippi. C'était une bagatelle, comparée au voyage jusqu'au bar de Joe. La pluie emplit la guitare et ramollit les sacs en papier; les sacs crevèrent, le parfum se répandit sur le trottoir, les perles roulèrent dans le ruisseau, tandis que le vent me poussait, que le chat griffait et miaulait. Il y avait pire encore. J'avais peur, j'étais aussi lâche que José. Ces rues tempétueuses me semblaient fourmiller d'invisibles présences, me guettant, prêtes à me jeter en prison pour l'assistance que j'apportais à une hors-la-loi.

La hors-la-loi me dit : « Tu es en retard, Buster. As-tu pensé au brandy? »

Lâché, le chat bondit et se percha sur l'épaule de Holly, balançant sa queue comme un bâton conduisant une rhapsodie. Holly elle-même semblait imprégnée de mélodie, quelque sonore trombone d'orphéon jouant *Bon voyage*. Débouchant le brandy, elle déclara : « Ça faisait partie de mon coffre d'espérance. Mon idée, c'était qu'à chaque anniversaire nous ayons une sorte de beuverie. Dieu merci je n'ai jamais acheté le coffre! Trois verres, s'il vous plaît, mister Bell.

— Deux suffiront, dit Joe. Je refuse de boire à votre folie. »

Plus elle le cajolait (« Voyons, mister Bell, ce n'est pas tous les jours qu'une dame prend le large! Vraiment, vous ne voulez pas boire à sa santé? ») plus il devenait hargneux. « Je ne veux pas être mêlé à ça. Si vous devez aller au diable, allez-y toute seule. Et ne comptez pas que je vous aiderai! » Affirmation des plus inexactes, car il venait à peine de la proférer qu'une limousine chauffée s'arrêtait devant la porte, et Holly, la première à la repérer, la contempla, le sourcil arrondi comme si elle s'attendait que le D.A. en personne en descendît. Moi aussi. Mais quand je vis Joe Bell rougir, je me dis « Mon Dieu, il a prévenu la police. » Les oreilles écarlates, il annonça seulement : « Ce n'est rien. Seulement une de ces Cadillac de louage que j'ai commandée pour vous conduire à l'aéroport. »

Il nous tourna le dos pour tripoter une de ses décorations florales. Holly dit : « Cher, bon mister Bell. Tournez-vous et regardez-moi, mister Bell! »

Il refusa, arracha les fleurs du vase et les lui tendit mais tout de travers de sorte qu'elles s'éparpillèrent sur le sol. « Au revoir! » fit-il, et, comme il avait envie de vomir, se rua vers les « Messieurs ». Nous l'entendîmes verrouiller la porte

Le chauffeur de louage était un type à la page qui accepta poliment nos extravagants bagages. Il demeura impassible (tandis que la limousine éclaboussait son passage à travers la pluie décroissante) lorsque Holly se déshabilla, troquant le costume de cheval qu'elle n'avait jamais eu la possibilité d'aban-

donner contre une élégante robe noire. Nous ne
parlions pas. Parler n'eût fait qu'amorcer une dis-
cussion, et d'autre part Holly semblait trop préoc-
cupée pour entamer une conversation. Elle fredon-
nait, buvait des gorgées de brandy, ne cessait de se
pencher en avant, pour épier à travers les vitres,
comme si elle cherchait à repérer une adresse, ou,
ainsi en décidai-je, embrassait d'un dernier regard
des scènes dont elle voulait se souvenir. Ce n'était
ni l'un ni l'autre, mais « Arrêtez-vous ici » dit-elle
au chauffeur. Il s'arrêta le long du trottoir d'une rue
dans le secteur espagnol de Harlem. Un quartier
sauvage, bariolé, morne, placardé d'affiches représentant des stars de cinéma ou des madones. Sur les
trottoirs le vent pourchassait des épluchures de
fruits et des journaux pourris, car le vent soufflait
encore très fort, bien que la pluie se fût atténuée et
qu'il y eût des trouées d'azur dans le ciel.

Holly descendit de voiture, le chat dans les bras.
Le berçant, elle lui gratta la tête et lui demanda :
« Qu'est-ce que tu en penses? Ça devrait être un coin
idéal pour un dur de ton espèce. Des poubelles, des
rats à gogo, des tas de copains de noce avec qui tu
peux faire un gang! Alors, file! » Ainsi parlant, elle
le laissa tomber et comme il ne bougeait pas mais
levait vers elle sa tête chinoise et l'interrogeait de
ses yeux jaunes de pirate, elle tapa du pied. « Je t'ai
dit de filer! » Il se frotta contre sa jambe. « File, file,
entends-tu? » cria-t-elle, et sautant dans la voiture en
claqua la porte. « Allez, allez! » dit-elle au chauffeur.

Je restai comme assommé. « Holly, tu es... tu es
une brute! »

Nous avions dépassé le pâté d'immeubles suivant

avant qu'elle répondît : « Je te l'avais déjà dit. On s'était rencontré un jour au bord de la rivière. C'est tout. Deux indépendants. On ne s'est jamais fait de promesses, nous n'avons jamais... » Puis sa voix se cassa, une contraction, une pâleur maladive bouleversèrent son visage. La voiture venait de s'arrêter devant un feu. Elle ouvrit la portière, courut le long de la rue et je courus après elle.

Mais le chat n'était plus à l'endroit où nous l'avions laissé, il n'y avait dans la rue qu'un ivrogne en train d'uriner, et deux religieuses noires conduisant une file d'enfants chantant doucement. D'autres enfants émergèrent des portes et des dames se penchèrent sur leurs appuis de fenêtres, pour regarder Holly courant le long du pâté de maisons, courant en avant, en arrière, appelant : « Chat! Chat! Où es-tu? Viens mon chat! » Elle s'obstina jusqu'à ce qu'un gamin boutonneux vînt au-devant d'elle tenant un vieux matou par la peau du cou. « Vous voulez un joli petit minet, mademoiselle? Un dollar seulement. »

La Cadillac nous suivait. Holly, cette fois, me laissa l'y ramener. Devant la portière elle hésita, regardant au-delà de moi, au-delà du gosse qui continuait à offrir son chat (« La moitié d'un dollar! Le quart peut-être! Un quart, ce n'est pas cher! ») et frissonnante dut s'accrocher à mon bras pour ne pas tomber. « Oh! mon Dieu! Nous nous appartenions! Il était à moi! »

Je lui fis alors une promesse. Je lui dis que je reviendrais et que je retrouverais le chat. « Je m'en occuperai. Je te le jure! »

Elle sourit de son nouveau sourire, pincé, sans

joie. « Mais moi, murmura-t-elle en frissonnant de nouveau, j'ai très peur, Buster. Oui. En fin de compte. Parce que ça pourrait durer toujours de ne pas savoir ce qui est à vous, jusqu'à ce que vous l'ayez perdu. Le noir cafard ce n'est rien. La grosse femme ce n'est rien! Mais ça! Ma bouche est tellement sèche que même si ma vie en dépendait, je ne pourrais pas cracher. » Elle entra dans la voiture, se laissa aller sur la banquette. « Je vous demande pardon, chauffeur Vous pouvez continuer! »

L'ÉMISSAIRE DE TOMATO A DISPARU. Et aussi : L'ACTRICE IMPLIQUÉE DANS L'AFFAIRE DES STUPÉFIANTS EST-ELLE LA VICTIME DU GANG? En temps voulu les journaux signalèrent toutefois : L'ARTISTE DISPARUE S'EST ENVOLÉE POUR RIO. Apparemment, les autorités américaines ne firent aucun effort pour récupérer Holly, et bientôt l'affaire fut ramenée à des échos espacés dans les colonnes de ragots. Une seule fois, elle retrouva son actualité, le jour de Noël, quand Sally Tomato mourut à Sing-Sing d'un arrêt du cœur.

Les mois passèrent, tous les mois de l'hiver, et pas un mot de Holly. La propriétaire de la vieille maison fit vendre son mobilier abandonné : le lit de satin blanc, la tapisserie, ses précieux fauteuils gothiques. Un nouveau locataire s'installa dans l'appartement. Il se nommait Quaintance Smith et se mit à recevoir autant de nouveaux messieurs d'un naturel bruyant que Holly avait pu le faire avant lui. Mais cette fois Mme Spanella n'y vit aucun inconvénient. En fait, idolâtrant ce jeune homme, elle lui procurait des filets crus chaque fois qu'il avait un œil au beurre noir. Mais au printemps, une carte me parvint, gribouillée au crayon et signée d'un baiser au rouge à lèvres. *Brésil affreux mais Buenos Aires parfait. Pas Tiffany mais presque. Je suis en liaison avec un señor divin. Est-ce l'amour ? Je le crois. En tout cas je cherche un endroit où me loger (le señor a une femme et sept enfants) et je t'enverrai mon adresse dès que je la saurai moi-même. Mille tendresses.* Mais l'adresse, à supposer qu'elle ait jamais existé, ne me fut jamais envoyée, ce qui me fit de la peine. Il y avait tant de choses que j'aurais voulu écrire à Holly. Que j'avais vendu *deux* histoires, que les Trawler — je l'avais lu — demandaient mutuellement le divorce; et que je quittais la vieille maison parce qu'elle était hantée. Mais surtout, je voulais lui parler du chat. J'avais tenu ma promesse, je l'avais retrouvé. Cela m'avait pris des semaines de prospection le long des rues espagnoles de Harlem, une fois mon travail fini. Et il y avait eu beaucoup de faux espoirs, et de confrontations avec des chats tigrés, qui, examinés de plus près, n'étaient pas lui. Et puis, un jour, dans l'après-midi d'un dimanche d'hiver, froid et ensoleillé, je le vis. Flanqué de plantes en pot, encadré de rideaux de dentelles très propres, il était installé à la fenêtre d'une chambre qui semblait bien chauffée. Je me demandai à quel nom il répondait, étant certain qu'il en avait un maintenant, certain qu'il était enfin arrivé à destination.

Qu'il s'agisse d'une hutte africaine ou de tout autre lieu, j'espère que Holly est arrivée, elle aussi...

La maison de fleurs

Ottilie aurait dû être la fille la plus heureuse de Port-au-Prince. Comme Baby le lui expliqua : « Regarde un peu tout ce qu'on peut mettre à ton crédit! — Par exemple? » dit Ottilie, car elle était vaniteuse et préférait les compliments au porc et aux parfums. « Eh bien ta figure, dit Baby. Tu es d'une ravissante couleur à peine teintée, avec des yeux presque bleus, et un si joli, si doux visage. Il n'y a pas une fille dans cette rue qui ait des habitués aussi réguliers, et chacun d'eux est prêt à te payer autant de bière que tu as envie d'en boire. » Ottilie reconnut que c'était vrai, et en souriant continua l'inventaire de ses chances. « J'ai cinq robes de soie et une paire de souliers de satin vert. J'ai trois dents en or qui valent trente mille francs, et peut-être que Mr. Jamison, ou quelqu'un d'autre, me donnera un autre bracelet. Mais vois-tu, Baby... », soupira-t-elle, sans parvenir à exprimer son tourment.

Baby était sa meilleure amie. Elle avait aussi une autre amie : Rosita. Baby était comme une roue, ronde et roulant. Des bagues de pacotille avaient laissé des cercles verts sur plusieurs de ses gros doigts. Ses dents étaient noires comme des racines d'arbres brûlées, et quand elle riait vous pouviez l'entendre de la mer. Du moins c'est ce que disaient les marins. Rosita, l'autre amie, était plus grande que la plupart des hommes et plus forte. Le soir, environnée de clients, elle minaudait, zézayant d'une voix idiote de poupée, mais dans la journée elle avançait à grands pas, et parlait comme un militaire d'une voix de baryton. Les deux amies d'Ottilie étaient originaires de la République de Saint-Domingue, et considéraient que c'était une raison suffisante pour se sentir une coudée au-dessus des indigènes d'une région plus noire. Cela ne les gênait pas qu'Ottilie fût une indigène. « Tu as un cerveau », lui disait Baby, et c'est un fait qu'un bon cerveau c'est ce qu'appréciait Baby. Ottilie avait souvent peur que ses amies découvrissent qu'elle ne savait ni lire ni écrire.

La maison où elles habitaient et travaillaient était branlante, étroite comme un clocher et damasquinée de balcons fragiles enlacés de bougainvillées. Bien qu'aucun signe extérieur ne le signalât, on l'appelait « Les Champs-Élysées ». La propriétaire, une invalide emmitouflée, à tête de vieille fille, la gouvernait de sa chambre à l'étage où elle se tenait enfermée, se balançant dans un rocking-chair en buvant de dix à vingt Coca-Cola par jour. Tout bien compté, huit dames travaillaient pour elle et à l'exception d'Ottilie, pas une n'avait moins de trente ans. Le soir, quand ces dames s'assemblaient sur le porche où elle babillaient en maniant des éventails qui battaient l'air comme des papillons en délire, Ottilie avait l'air d'une délicieuse enfant rêveuse entourée de sœurs plus âgées et laides.

Sa mère était morte, son père, un planteur, était retourné en France et elle avait été élevée dans la montagne par une famille de rudes paysans dont les fils, l'un après l'autre, avaient abusé d'elle dans quelque verte et ombreuse retraite. Trois ans plus tôt, à quatorze ans, elle était descendue pour la première fois au marché de Port-au-Prince. C'était un voyage de deux jours et une nuit, qu'elle avait effectué à pied en portant un sac de grains de dix livres. Afin d'alléger son fardeau, elle avait laissé un peu de grains se répandre, puis un peu plus, tant et si bien que lorsqu'elle était arrivée au marché il n'en restait presque plus. Ottilie avait pleuré en pensant à la fureur de la famille, quand elle reviendrait au logis sans l'argent du grain. Mais ses larmes ne coulèrent pas longtemps; car le plus charmant des hommes l'aida à les sécher. Il lui acheta une tranche de noix de coco et la mena en visite chez sa cousine qui était la propriétaire des « Champs-Élysées ». Ottilie n'en revenait pas de sa chance. La musique du juke-box, les souliers de satin, les plaisanteries des hommes lui paraissaient aussi étranges et merveilleux que l'ampoule électrique de sa chambre qu'elle ne se lassait pas d'allumer et d'éteindre. Bientôt elle devint la fille dont on parlait le plus dans le quartier et la propriétaire put faire payer pour elle deux fois plus que pour les autres. Ottilie, croissant en vanité, s'attardait pendant des heures devant son miroir. Elle ne pensait plus que rarement à ses montagnes, et cependant au bout de trois ans elle en avait encore gardé l'em-

preinte. Leurs vents semblaient encore souffler
autour d'elle; ses hanches dures et hautes ne
s'étaient point assouplies non plus que la plante
de ses pieds aussi râpeuse qu'une peau de lézard.

Quand ses amies parlaient d'amour et des hommes
qu'elles avaient aimés, Ottilie boudait. « Qu'est-ce
qu'on sent quand on aime? demandait-elle. — Ah!
disait Rosita les yeux noyés, tu sens comme si on
t'avait versé du poivre sur le cœur. Comme si de
petits poissons nageaient dans tes veines. » Ottilie
secouait la tête. Si Rosita disait vrai, alors elle
n'avait jamais aimé car elle n'avait jamais éprouvé
cela pour aucun des hommes qui venaient dans
la maison.

Elle en fut si troublée qu'en fin de compte elle
alla voir un *Houngan* qui vivait dans les collines
au-dessus de la ville. Contrairement à ses amies,
Ottilie ne clouait pas d'images saintes sur les murs
de sa chambre. Elle ne croyait pas en Dieu mais
à des quantités de dieux, ceux de la nourriture, de
la lumière, de la mort, de la ruine. Le *Houngan*
était en relation avec ces dieux-là. Il gardait leurs
secrets sur son autel, pouvait entendre leurs voix
dans la crécelle d'une coloquinte, et dispensait leur
faveur dans une potion. Parlant en leur nom, le
Houngan donna leur message à Ottilie. « Attrape
une abeille sauvage, dit-il, et tiens-la dans ta main
fermée. Si elle ne pique pas alors tu sauras que tu
as trouvé l'amour. »

Sur le chemin du retour, elle pensa à Mr. Jamison. C'était un Américain qui avait dépassé la cinquantaine et qui était attaché à une entreprise de
travaux publics. Elle lui devait les bracelets d'or

qui jacassaient à ses poignets, et Ottilie, passant devant une haie enneigée de chèvrefeuille, se demanda si, après tout, elle n'était pas amoureuse de Mr. Jamison. De noires abeilles festonnaient le chèvrefeuille. D'un geste courageux de la main elle en attrapa une qui somnolait. Le dard lui porta un coup qui la jeta à terre où elle resta agenouillée et pleurant jusqu'à ne plus savoir si l'abeille l'avait blessée aux yeux ou à la main.

On était en mars et personne ne s'occupait plus que du Carnaval. Aux « Champs-Élysées » les pensionnaires cousaient leurs costumes. Mais les mains d'Ottilie demeuraient inactives car elle avait décidé de ne pas se costumer du tout. Pendant les week-ends de fête, quand les tambours saluaient le lever de la lune, elle s'asseyait à sa fenêtre, contemplant distraitement le petit orchestre de musiciens qui dansaient et tambourinaient leur passage le long de la route. Elle écoutait siffler et rire sans éprouver le moindre désir d'y participer. « On pourrait croire que tu as cent ans! » dit Baby. Et Rosita : « Pourquoi ne viens-tu pas avec nous au combat de coqs? »

Il ne s'agissait pas d'un combat ordinaire. De tous les points de l'île, les participants étaient arrivés amenant leurs coqs les plus féroces. Ottilie se dit qu'elle pouvait aussi bien y aller et se vissa une paire de perles dans les oreilles. Quand elles arrivèrent, la compétition avait déjà commencé; sous une vaste tente, une foule vaste comme la mer haletait et criait tandis qu'une autre foule, celle qui n'avait pu entrer, encombrait les pourtours. Pénétrer n'était pas un problème pour les dames des « Champs-Élysées ». Un policeman ami leur ouvrit un passage et leur fit de la place sur un banc près de l'arène. Les gens de la campagne qui les entouraient se sentaient tout gauches de se trouver en si glorieuse compagnie. Ils regardaient furtivement les ongles laqués de Baby, les peignes incrustés de strass dans les cheveux de Rosita, le chatoiement des boucles de perle d'Ottilie. Toutefois, les combats étaient fascinants et bientôt les dames furent oubliées. Baby en témoigna de l'humeur et roula des yeux, en quête de regards dans leur direction. Soudain, elle poussa Ottilie du coude. « Ottilie, dit-elle, tu as un admirateur. Regarde ce garçon là-bas. Il te fixe comme si tu étais quelque chose de frais à boire. »

Tout d'abord elle crut que c'était quelqu'un qu'elle connaissait, car il la regardait comme si elle eût dû le reconnaître. Mais comment aurait-elle connu quelqu'un d'aussi beau, pourvu de si longues jambes et de si petites oreilles ? Elle pouvait voir qu'il venait des montagnes. Son chapeau paysan en paille et le bleu délavé de son épaisse chemise le lui disaient. Il était couleur de gingembre, la peau brillante comme un citron et lisse comme une feuille de goyave. Le port de sa tête était aussi arrogant que le coq écarlate et noir qu'il tenait dans ses mains. Ottilie avait l'habitude de sourire hardiment aux hommes. Cette fois, elle sentait son sourire se briser et coller à ses lèvres comme des miettes de gâteau.

Éventuellement, il y eut une pause. L'arène fut évacuée et tous ceux qui le purent s'y pressèrent pour danser et taper des pieds tandis qu'un

orchestre de tambours et d'instruments à cordes
jouait des airs de carnaval. C'est alors que le jeune
homme s'approcha d'Ottilie; elle rit de voir son
oiseau perché comme un perroquet sur son épaule.
« Allez-vous-en! » dit Baby, outragée qu'un paysan
osât demander à Ottilie de danser et Rosita se
dressa, menaçante, entre son amie et le jeune
homme. Il se contenta de sourire et dit : « S'il vous
plaît, madame, j'aimerais causer avec votre fille. »
Ottilie se sentit soulevée, ses hanches touchant
celles du garçon, au rythme de la musique. Cela ne
la gênait pas du tout, et elle le laissa la mener au
cœur le plus touffu de la danse. Rosita dit : « Tu as
entendu ça? Il croit que je suis sa mère! » Et Baby,
pour la consoler, remarqua sévèrement : « Après
tout, tu t'attendais à quoi? Ce ne sont que des indigènes, lui et elle. Quand elle reviendra, nous ferons
semblant de ne pas la connaître. »

En fait, Ottilie ne revint pas vers ses amies. Royal,
tel était le nom du jeune homme, Royal Bonaparte
ainsi qu'il le lui dit, n'avait jamais eu envie de danser. « Il faut marcher et trouver un coin tranquille,
dit-il. Tiens ma main et je te conduirai. » Elle le
trouvait étrange, mais ne se sentait pas étrangère
à lui, car elle était encore proche de ses montagnes
et il était des montagnes lui aussi. Se tenant par la
main, et le coq iridescent perché sur l'épaule du
garçon, ils quittèrent la tente et marchèrent paresseusement le long d'une route blanche, puis d'un
tranquille sentier où des oiseaux de soleil voletaient
à travers le feuillage des acacias penchés.

« Je suis triste », dit-il. Il n'en avait pas l'air.
« Dans mon village, Juno est un champion. Mais les

coqs par ici sont forts et laids. Et si je l'avais laissé combattre, ils me l'auraient tué. Aussi je vais le remmener chez moi et dire qu'il a gagné. Ottilie, veux-tu une prise de tabac ? »

Elle éternua voluptueusement. Priser lui rappelait son enfance, et si démunies qu'eussent été ces années, la nostalgie qu'elle en éprouvait l'effleura comme une baguette à très longue portée. « Royal, dit-elle, arrête-toi un instant, je voudrais enlever mes souliers. »

Royal lui-même n'avait pas de souliers, ses pieds dorés étaient étroits et légers, et leurs empreintes semblables à celles que laisse de son passage un animal délicat. Il dit : « Comment se fait-il que je te trouve ici, de tous les endroits du monde où il n'y a rien de bon ; où le rhum est mauvais, et les gens des voleurs. Pourquoi est-ce que je te trouve ici, Ottilie ?

— Parce qu'il fallait que je fasse mon chemin, tout comme toi, et ici il y avait de la place pour moi. Je travaille dans un... dans une sorte d'hôtel.

— Nous avons une terre à nous, dit-il. Tout le côté d'une colline, et sur le haut de cette colline ma maison bien fraîche. Ottilie, ne veux-tu pas venir t'y installer ?

— Tu es fou, dit Ottilie le taquinant ; tu es fou ! » Elle courait entre les arbres et lui derrière elle, les bras étendus comme s'il tenait un filet. L'oiseau Juno battit de l'aile, chanta, vola au sol. Des plantes râpeuses, une fourrure de mousse, taquinaient la plante des pieds d'Ottilie tandis qu'elle flottait à travers l'ombre et les reflets. Brusquement, traversant une vapeur de fougères arc-en-ciel, elle tomba,

une épine dans son talon. Elle gémit quand Royal
enleva l'épine. Il embrassa la place où elle s'était
enfoncée. Ses lèvres remontèrent à ses mains, à sa
gorge et c'était comme si elle était enveloppée d'un
vol de feuilles. Elle respirait son odeur, cette sombre
et saine odeur qui était comme la racine des choses,
des géraniums, des arbres lourds.

Elle supplia : « C'est assez, maintenant! » mais
elle ne le pensait pas; ce fut seulement après une
heure de possession qu'elle sentit son cœur l'abandonner. Royal était calme maintenant, sa tête aux
cheveux rudes reposait sur sa poitrine. « Allez,
allez », disait-elle aux moustiques qui s'aggluti-
naient sur ses yeux fermés. « Chut! » dit-elle à Juno
qui se pavanait alentour, chantant vers le ciel.

Tandis qu'elle gisait là, Ottilie vit ses vieilles enne-
mies les abeilles. Silencieusement, en file comme des
fourmis, les abeilles entraient et sortaient en ram-
pant, d'un tronc rompu, non loin d'elle. Elle se
dégagea des bras de Royal et lui fit une place douce
sur le sol pour sa tête. Sa main tremblait lorsqu'elle
la posa sur la piste des abeilles, mais la première
qui passa trébucha dans sa paume et lorsqu'elle
referma les doigts ne chercha pas à la blesser. Ottilie compta jusqu'à dix pour être bien sûre, puis
ouvrit la main, et l'abeille, décrivant des arcs en spirales, s'éleva dans l'air avec un gai bourdonnement.

La propriétaire donna à Baby et à Rosita un
conseil de son cru. « Laissez-la tranquille, laissez-la
partir. Dans quelques semaines elle sera de retour. »
La propriétaire parlait avec le calme de la défaite.
Afin de garder Ottilie près d'elle, elle lui avait offert
la meilleure chambre de la maison, une nouvelle

dent en or, un Kodak, un ventilateur électrique,
mais rien n'avait ébranlé Ottilie. Elle avait continué
à empiler ses affaires dans une boîte en carton. Baby
essaya de l'aider mais elle pleurait tellement qu'Ottilie dut l'arrêter. Cela ne pouvait que porter
malheur, toutes ces larmes tombant sur les biens
d'une mariée. A Rosita elle dit : « Rosita, tu devrais
te réjouir pour moi au lieu de te tenir là en te tordant les mains! »

C'est deux jours à peine après les combats de coqs
que Royal épaula la boîte en carton d'Ottilie et
l'emmena à pied dans le crépuscule vers les montagnes. Quand on sut qu'elle n'était plus aux
« Champs-Élysées » beaucoup de clients allèrent se
contenter ailleurs, d'autres, tout en restant fidèles
au vieil établissement, se plaignirent d'une tristesse
dans l'atmosphère. Certains soirs il se trouvait à
peine quelqu'un pour offrir une bière aux dames.
Peu à peu on commença à se rendre compte
qu'après tout Ottilie ne reviendrait pas. Au bout
de six mois, la propriétaire dit   « Elle doit être
morte. »

La maison de Royal était comme une maison de
fleurs; la glycine abritait le toit, un rideau de vigne
ombrageait les fenêtres, des lys s'épanouissaient à
la porte. Des fenêtres, on pouvait voir, dans le lointain, le faible scintillement de la mer car la maison
était sur le haut d'une colline. Là le soleil brûlait,
ardent, mais les ombres étaient froides. A l'intérieur, la maison était toujours sombre et fraîche et
sur les murs bruissaient des journaux collés, roses et
verts. Il n'y avait qu'une chambre. Elle contenait un
fourneau, un miroir branlant surmontant une table

de marbre, et un lit de cuivre assez grand pour trois gros hommes.

Mais Ottilie ne dormait pas dans ce grand lit. Il ne lui était même pas permis de s'asseoir dessus, car il appartenait à la grand-mère de Royal, la vieille Bonaparte. Une créature consumée, cabossée, les jambes en cerceau comme un nain, et chauve comme un vautour. La vieille Bonaparte jouissait, à des lieues à la ronde, d'un prestige de jeteuse de sorts. Il en était beaucoup qui craignaient de voir son ombre tomber sur eux. Même Royal la redoutait, et il bégaya quand il lui annonça qu'il venait d'amener une épouse au foyer. Faisant signe à Ottilie d'approcher, la vieille femme la marqua ici et là de cruels petits pinçons, puis déclara à son petit-fils qu'Ottilie était trop maigre. Elle mourra à son premier enfant.

Chaque soir, le jeune couple attendait pour faire l'amour que la vieille Bonaparte fût endormie. Parfois, étendue sur la paillasse touchée de lune où ils reposaient, Ottilie était sûre que, éveillée, la vieille Bonaparte les surveillait. Une fois même elle vit son œil chassieux, piqué d'un reflet d'étoile, briller dans l'ombre. Il était inutile de s'en plaindre à Royal, il ne faisait qu'en rire. Quel mal y avait-il à ce qu'une vieille femme qui avait vu tant de choses eût envie d'en voir un petit peu plus ?

Parce qu'elle aimait Royal, Ottilie mit ses griefs de côté, essayant de ne pas en vouloir à la vieille Bonaparte. Pendant longtemps elle fut heureuse. Ses amies, non plus que la vie à Port-au-Prince, ne lui manquaient, bien qu'elle gardât dans leur fraîcheur les souvenirs de ce temps-là ; grâce à une cor-

beille à ouvrage que Baby lui avait offerte comme
cadeau de mariage, elle raccommodait les robes de
soie et les bas de soie verte que maintenant elle ne
portait jamais, n'ayant plus l'occasion de les mettre.
Seuls, les hommes se réunissaient au café du village
ou aux combats de coqs. Quand les femmes dési-
raient se rencontrer, elles le faisaient au lavoir du
ruisseau. Mais Ottilie était trop occupée pour s'ennuyer. A l'aube, elle ramassait des feuilles d'eucalyptus pour allumer le feu et mettre la nourriture en
train. Il y avait les poulets à nourrir, la chèvre à
traire. Il y avait la vieille Bonaparte qui pleurnichait
pour qu'on s'occupât d'elle. Trois ou quatre fois
par jour elle remplissait un seau d'eau potable et le
portait là où Royal travaillait dans les champs de
canne à sucre, à un kilomètre en contrebas de la
maison. Elle ne lui en voulait pas de ce que, au
cours de ces déplacements, il se montrât rude avec
elle; elle savait que c'était par vantardise vis-à-vis
des autres hommes qui travaillaient dans les champs
et qui lui souriaient comme des melons fendus.
Mais le soir, quand il rentrait à la maison, elle lui
tirait les oreilles et faisait la moue parce qu'il l'avait
traitée comme un chien; jusqu'à ce que, dans l'obscurité de la cour où les lucioles étincelaient, il la
prît dans ses bras en lui murmurant des choses qui
la faisaient sourire.

Ils étaient mariés depuis cinq mois lorsque Royal
commença à se comporter comme avant son
mariage. Les autres hommes allaient au café le soir,
passaient leurs dimanches entiers aux combats de
coqs. Il ne comprenait donc pas pourquoi Ottilie
s'en formalisait, mais elle lui dit qu'il n'avait pas

le droit de se conduire de la sorte, et que s'il l'aimait il ne la laisserait pas seule jour et nuit avec cette méchante vieille femme. « Je t'aime, lui dit-il, mais il faut bien qu'un homme ait lui aussi ses distractions. » Il y avait des soirs où il se distrayait jusqu'à ce que la lune fût au milieu du ciel ; elle ne savait pas quand il reviendrait et elle était là, à se tourmenter sur sa paillasse, se persuadant qu'elle ne pouvait dormir s'il ne la tenait pas dans ses bras.

Mais le vrai tourment c'était la vieille Bonaparte. Elle s'était mis dans la tête de rendre Ottilie à moitié folle. Si Ottilie faisait la cuisine, on pouvait être sûr que la terrible vieille femme viendrait fourrer son nez dans les casseroles et quand elle n'aimait pas ce qu'on allait lui servir, elle en prenait une bouchée et la crachait par terre. Tout ce qu'elle pouvait inventer comme saletés elle le faisait. Elle mouillait son lit, insistait pour faire entrer la chèvre dans la pièce, tout ce qu'elle touchait était aussitôt renversé ou brisé, et à Royal elle se plaignait, disant qu'une femme qui ne peut pas tenir une maison agréable pour son mari n'était bonne à rien. Ottilie l'avait sur le dos toute la journée, et ses yeux rouges impitoyables se fermaient rarement. Mais le pire, la chose qui finalement incita Ottilie à la menacer de mort, c'était l'habitude qu'avait prise la vieille de surgir de n'importe où et de la pincer si fort qu'on pouvait voir la marque de ses ongles. « Si vous faites ça encore une fois, si vous osez seulement, j'empoignerai un couteau et je vous fendrai le cœur. » La vieille Bonaparte savait qu'Ottilie le ferait, et bien qu'elle renonçât aux pinçons, elle inventa d'autres malices; elle prit par exemple l'habitude de fouler aux pieds un certain coin de la cour, prétendant ignorer qu'Ottilie y avait planté un petit jardin.

Un jour, deux événements exceptionnels se produisirent. Un gamin, venant du village, apporta une lettre pour Ottilie. Aux « Champs-Élysées » elle avait reçu de temps à autre des cartes postales envoyées par les marins et autres voyageurs qui avaient passé avec elle d'agréables moments, mais c'était la première lettre qu'elle eût jamais reçue. Comme elle ne savait pas lire, sa première impulsion fut de la déchirer; il était inutile de la laisser traîner pour qu'elle l'obsédât. Bien sûr, il pouvait y avoir une chance qu'un jour elle apprît à lire; aussi alla-t-elle la cacher dans sa corbeille à ouvrage.

Mais quand elle ouvrit cette corbeille elle fit une découverte écœurante. Là, comme une hideuse pelote de laine à repriser, elle découvrit la tête coupée d'un chat jaune. Ainsi la misérable vieille inventait encore de nouveaux tours. Elle veut me jeter un sort, pensa Ottilie, pas le moins du monde effrayée. Soulevant délicatement la tête par une des oreilles, elle la porta au fourneau et la laissa choir dans une marmite bouillante. A midi, la vieille Bonaparte, suçant ses dents, observa que la soupe qu'Ottilie avait faite pour elle était exceptionnellement appétissante.

Le matin suivant, juste à l'heure du repas de midi, elle trouva, gigotant dans sa corbeille, un petit serpent vert qu'elle hacha fin comme du sable pour en saupoudrer une portion de ragoût. Chaque jour son ingéniosité était mise à l'épreuve. Il y avait des

araignées à rôtir au four, un lézard à frire, une poitrine de buse à faire bouillir. La vieille Bonaparte
reprenait de tout, plusieurs fois. De son œil alerte
et luisant elle suivait Ottilie, pour voir à la faveur de
quelque signe si le charme opérait. « Tu n'as pas
bonne mine, Ottilie, disait-elle, glissant quelques
sucreries dans le vinaigre de sa voix. Tu manges
comme une fourmi. Pourquoi ne bois-tu pas par
exemple un bol de cette bonne soupe?

— Parce que, répliqua Ottilie avec calme, je
n'aime pas les buses dans ma soupe, ni les araignées
dans mon pain, ni les serpents dans le ragoût. Je
n'ai d'appétit pour rien de tout ça! »

La vieille Bonaparte comprit. Les veines gonflées,
la langue paralysée et muette, elle se dressa chancelante sur ses pieds et s'écroula en travers de la
table. Avant la fin du jour elle était morte.

Royal fit appel aux pleureurs. Ils vinrent du village, des collines environnantes, et geignant comme
des chiens à la lune assiégèrent la maison. De vieilles
femmes cognaient leurs têtes contre les murs; des
hommes s'étendaient à terre en gémissant. C'était
une comédie de tristesse et ceux qui singeaient le
mieux le chagrin étaient les plus admirés. Après les
funérailles, chacun s'en alla, satisfait du travail
accompli.

La maison maintenant appartenait à Ottilie. Sans
la vieille Bonaparte, sa surveillance et ses saletés,
elle avait davantage de loisirs mais ne savait qu'en
faire. Elle s'étalait sur le grand lit de cuivre, elle
paressait devant son miroir. Sa tête bourdonnait de
monotonie et, pour chasser ce fredon d'insectes,
elle se mettait à chanter les chansons qu'elle avait

apprises du juke-box des « Champs-Élysées ». Attendant au crépuscule le retour de Royal, elle se souvenait qu'à cette heure ses amies de Port-au-Prince bavardaient sur le porche et guettaient les phares tournants d'une voiture, mais dès qu'elle voyait Royal déambulant le long du sentier, sa serpe à couper les cannes balancée à son côté comme une faucille de lune, elle oubliait ces pensées et courait vers lui, le cœur comblé.

Une nuit comme ils reposaient à demi assoupis, Ottilie eut soudain conscience d'une autre présence dans la chambre. Là, luisant au pied du lit, elle vit, comme elle l'avait déjà vu, un œil qui guettait. Elle sut ainsi — ce que depuis quelque temps elle soupçonnait — que la vieille Bonaparte était morte mais non absente. Une fois déjà, comme elle était seule dans la maison, elle avait entendu un rire; et une autre fois, dehors dans la cour, elle avait surpris la chèvre fixant quelqu'un d'invisible et remuant ses oreilles comme elle le faisait quand la vieille lui grattait le crâne.

« Finis de secouer le lit », dit Royal, et Ottilie, un doigt pointé vers l'œil, lui demanda à voix basse s'il ne le voyait pas. Lorsqu'il répondit qu'elle rêvait, elle essaya d'atteindre l'œil et hurla car elle ne ren contra que le vide. Royal alluma une lampe, il câlina Ottilie sur ses genoux, et lissa ses cheveux tandis qu'elle lui confiait les découvertes qu'elle avait faites dans sa corbeille à ouvrage et comment elle les avait utilisées. Avait-elle mal agi? Royal n'en savait rien et ce n'était pas à lui de le dire, mais son opinion était qu'elle méritait d'être punie. Et pourquoi? Parce que la vieille femme le voulait sinon elle ne laisserait jamais Ottilie en repos. C'est ce qui arrive avec les esprits.

En conséquence, Royal alla chercher une corde le matin suivant et décida d'attacher Ottilie à un arbre dans la cour. Là, il lui faudrait rester jusqu'au soir sans boire ni manger et les gens qui passeraient sauraient qu'elle était en disgrâce.

Mais Ottilie rampa sous le lit et refusa d'en sortir. « Je me sauverai, gémit-elle. Royal, si tu essaies de m'attacher au vieil arbre, je me sauverai.

— Très bien, dit Royal. Alors il faudra que je te rattrape et ce sera pire pour toi. »

Il lui saisit une cheville et la tira, piaulante, de dessous le lit. Tout le long du chemin vers la cour elle s'accrochait aux choses, à la porte, à la vigne, à la barbe de la chèvre, mais rien de tout cela ne pouvait la retenir, et rien n'empêcha Royal de l'attacher à l'arbre. Il fit trois nœuds à la corde et s'en alla à son travail en suçant sa main qu'elle avait mordue. Elle lui hurla tous les pires mots qu'elle eût jamais entendus, jusqu'à ce qu'il eût disparu derrière la colline. La chèvre, Juno et les poulets s'assemblèrent pour contempler son humiliation. Tapant du pied Ottilie leur tira la langue.

Parce qu'elle était a demi endormie, Ottilie crut qu'elle rêvait quand, en compagnie d'un gamin du village, Baby et Rosita, vacillant sur leurs talons aiguille et s'abritant sous des ombrelles de fantaisie, trébuchèrent en remontant le sentier et en l'appelant par son nom. Comme c'étaient des personnes dans un rêve, elles ne s'étonneraient pas de la trouver attachée à un arbre.

« Seigneur Dieu, es-tu folle ? glapit Baby gardant

ses distances comme si elle craignait qu'en vérité
ce fût le cas. Parle-nous, Ottilie! »

Clignant des yeux et riant, Ottilie dit : « Ce que
je suis contente de vous voir. Rosita, je t'en prie,
détache-moi pour que je puisse vous serrer dans
mes bras.

— Alors c'est comme ça que cette brute te traite?
fit Rosita tirant les cordes. Attends un peu que je
le rencontre. Te battre et t'attacher à un arbre
comme un chien!

— Mais non, dit Ottilie, Royal ne me bat jamais.
Seulement aujourd'hui, il se trouve que je suis
punie.

— Tu n'as pas voulu nous écouter, dit Baby Et
maintenant regarde un peu ce qui t'arrive. Il faudra
que cet individu s'explique! » ajouta-t-elle en brandissant son ombrelle.

Ottilie serra ses amies dans ses bras, les embrassa.
« Ne trouvez-vous pas que c'est une jolie maison?
dit-elle en les y emmenant. C'est comme si vous
aviez pris un chariot de fleurs et que vous en ayez
bâti un domicile. Du moins c'est ce que je pense.
Venez vous protéger du soleil à l'intérieur. Dedans
il fait frais et cela sent si bon! »

Rosita renifla comme si ce qu'elle sentait n'avait
rien de délicieux, puis de sa voix profonde déclara
que, oui, bien sûr, mieux valait se garer du soleil
lequel semblait avoir tapé sur la tête d'Ottilie

« C'est une chance que nous soyons venues, dit
Baby, fouillant à l'intérieur d'un énorme sac. Et tu
peux en remercier Mr. Jamison. Madame disait que
tu étais morte, et comme tu n'as jamais répondu
à notre lettre, nous avons pensé que c'était vrai.

Mais Mr. Jamison, et c'est bien l'homme le plus chic que tu rencontreras jamais, il a loué une voiture pour Rosita et moi, tes plus chères et tendres amies afin de monter ici et découvrir ce qui avait bien pu arriver à notre Ottilie. Ottilie, j'ai une bouteille de rhum dans mon sac. Trouve-nous un verre et on va s'offrir une tournée. »

Les élégantes manières étrangères, ainsi que l'époustouflante toilette des dames de la ville avaient grisé leur guide, un petit garçon dont les yeux noirs et curieux se haussaient à la fenêtre. Ottilie était impressionnée, elle aussi, car il y avait longtemps qu'elle n'avait vu de lèvres peintes ou respiré de parfum en flacon. Et tandis que Baby versait le rhum, elle sortit ses souliers de satin et ses perles pour les oreilles. « Chérie, dit Rosita quand Ottilie eut fini sa toilette, il n'y a pas un homme sur terre qui ne t'offrirait un plein tonnelet de bière. Quand on pense qu'une merveille comme toi souffre si loin des gens qui l'aiment!

— Je n'ai pas tellement souffert, dit Ottilie. Tout juste de temps à autre.

— Chut, dit Baby. Tu n'as pas à en parler pour le moment. De toute façon, c'est fini. Tiens, chérie, donne-moi encore ton verre. A la santé du bon vieux temps et à ceux qui viendront. Ce soir, Mr. Jamison va nous offrir à toutes le champagne. Madame le lui laissera à moitié prix.

— Oh! » fit Ottilie enviant ses amies. Ceci dit, elle voulait savoir ce que les gens pensaient d'elle, et si on se souvenait d'elle.

« Ottilie, tu n'en as pas idée, dit Baby. Des clients que nous n'avions encore jamais vus viennent chez nous demandant après Ottilie parce qu'ils ont entendu parler de toi, d'aussi loin que La Havane et Miami. Quant à Mr. Jamison, il ne nous regarde même pas, nous autres filles. Il vient simplement s'asseoir sur le porche et boit tout seul.

— Oui, dit Ottilie pensivement. Il a toujours été gentil avec moi, Mr. Jamison. »

Cependant le soleil commençait à descendre. La bouteille de rhum était aux trois quarts vide. Une ondée orageuse avait pendant un moment trempé les collines qui maintenant, vues à travers les fenêtres, scintillaient comme des ailes de libellules. Et une brise riche du parfum des fleurs mouillées errait dans la pièce et faisait frissonner sur les murs les journaux verts et roses. On avait raconté beaucoup d'histoires, les unes gaies et certaines tristes. Cela rappelait les conversations du soir aux « Champs-Élysées ». Ottilie était heureuse d'en faire encore partie

« Mais il se fait tard, dit Baby, et nous avons promis de rentrer avant minuit. Ottilie, est-ce qu'on peut t'aider à faire tes bagages? »

Bien qu'elle n'eût pas vraiment compris que ses amies s'attendaient qu'elle partît avec elles, le rhum qu'elle avait bu rendait le projet réalisable. Et avec un sourire elle pensa : « Je *lui* ai dit que je partirais. La seule chose, fit-elle tout haut, c'est que je n'aurais même pas une semaine pour m'amuser. Royal descendrait me chercher. »

Cela fit rire ses amies. « Tu es idiote, dit Baby. J'aimerais le voir, ton Royal, quand il aura eu maille à partir avec quelques-uns de nos amis.

— Je ne permettrai à personne de faire du mal à

Royal, dit Ottilie. D'ailleurs il serait encore plus enragé une fois de retour ici. »

Baby dit : « Mais, Ottilie, tu ne reviendrais pas avec lui! »

Ottilie rit sous cape et regarda la chambre comme si elle voyait quelque chose d'invisible pour les autres. « Sûr que je reviendrais », dit-elle.

Baby roula des yeux, sortit son éventail, le déplia d'un coup sec devant son visage « C'est la chose la plus ridicule que j'aie jamais entendue, fit-elle entre ses lèvres durcies. N'est-ce pas que c'est la chose la plus imbécile que tu aies jamais entendue, Rosita?

— C'est parce qu'Ottilie en a vu de toutes les couleurs! dit Rosita. Chérie, pourquoi ne t'étends-tu pas sur ton lit pendant que nous faisons tes paquets? »

Ottilie les regarda tandis qu'elles commençaient à empiler ses affaires. Elles rassemblèrent les peignes, les épingles, elles roulèrent ses bas de soie. Elle ôta alors ses jolis vêtements comme si elle allait revêtir quelque chose d'encore plus beau. Mais à la place elle remit sa vieille robe, puis s'activant avec diligence comme si elle aidait ses amies, elle remit chaque chose à sa place. Baby tapa du pied quand elle comprit ce qui se passait.

« Écoutez-moi, dit Ottilie, si vous êtes vraiment mes amies, Rosita et toi, faites je vous en prie ce que je vous demande. Attachez-moi dans la cour telle que j'étais quand vous m'avez trouvée. De cette façon aucune abeille ne me piquera jamais.

— Elle a trop bu, dit Baby. Mais Rosita la pria de se taire. Je crois, dit-elle avec un soupir, je crois qu'Ottilie est amoureuse. Si Royal voulait qu'elle revienne elle reviendrait avec lui. Et s'il en est ainsi nous ferons aussi bien de rentrer à la maison et de dire à Madame qu'elle ne s'était pas trompée et qu'Ottilie est morte.

— Oui, dit Ottilie sensible à cet argument dra-matique. Dites-lui que je suis morte. »

Elles sortirent donc dans la cour; là, la poitrine soulevée et les yeux aussi ronds que la lune de jour courant au-dessus d'elles, Baby dit qu'elle ne se mêlerait pas d'attacher Ottilie à l'arbre, ce qui laissa la responsabilité de cette tâche à Rosita. Quand elles se séparèrent, ce fut Ottilie qui pleura le plus, bien qu'elle fût heureuse de les voir partir, car elle savait que dès qu'elles seraient parties elle ne penserait jamais plus à elles. Se balançant sur leurs hauts talons le long des ornières du sentier, elles se retournèrent pour faire un signe de la main, mais Ottilie ne pouvait y répondre, aussi les oublia-t-elle avant qu'elle les eût perdues de vue.

Mâchant des feuilles d'eucalyptus pour parfumer son haleine, elle sentit la fraîcheur d'un souffle de crépuscule dans l'air Le jaune de la lune s'accentua et des oiseaux, pour se percher, voguèrent dans l'obscurité de l'arbre. Soudain, entendant Royal sur le sentier, Ottilie écarta les jambes, laissa pendre son cou, montra le blanc de ses yeux dans leurs orbites. Vue à distance elle aurait l'apparence de quelqu'un qui a subi une mort violente et pathé-tique. Et en écoutant les pas de Royal prendre un rythme de course elle pensa, heureuse : « Ça va lui donner une fameuse peur! »

La guitare de diamants

La ville la plus proche de la ferme-prison est à vingt-cinq kilomètres. De nombreuses forêts de pins se dressent entre la ferme et la ville et c'est dans ces forêts que travaillent les forçats. Ils recueillent la résine. La prison elle-même est dans la forêt. On la trouve à l'extrémité d'un chemin de terre rouge à ornières, les fils de fer barbelés se déployant comme une vigne au-dessus de ses murs. A l'intérieur, vivent cent neuf Blancs, quatre-vingt-dix-sept Nègres, et un Chinois. Il y a deux dortoirs, dans de longs bâtiments verts, en bois, avec des toits de papier goudronné. Chaque dortoir comporte un gros poêle ventru, mais les hivers de la région sont froids, et la nuit, tandis que les pins gelés se balancent et qu'une clarté glaciale tombe de la lune, les hommes étendus sur leurs couchettes de fer demeurent éveillés, avec les rougeoiements du feu dansant dans leurs yeux.

Les hommes dont les couchettes sont le plus près du feu sont les hommes importants, ceux que l'on considère avec respect ou que l'on craint. Mr. Schaeffer est un de ces hommes. Mr. Schaeffer — car ainsi le nomme-t-on en signe de respect par-

ticulier — est un individu efflanqué, étiré en longueur. Il a des cheveux roux qui s'argentent et son
visage est émacié, religieux. Pas de chair sur ses os,
de sorte qu'on peut en suivre le mouvement, et
ses yeux sont d'une couleur indécise et morne.
Il sait lire, écrire, et faire des additions. Quand
un autre homme reçoit une lettre, il la porte à
Mr. Schaeffer. La plupart de ces lettres sont tristes,
pleines de reproches; très souvent Mr. Schaeffer
improvise des messages plus gais et ne lit pas ce qui
est écrit sur la page. Dans le dortoir, il y a deux
autres hommes qui peuvent lire, ce qui n'empêche
qu'un des deux apporte ses lettres à Mr. Schaeffer
qui l'en remercie en ne lisant jamais la vérité.
Mr. Schaeffer lui-même ne reçoit pas de courrier,
pas même à Noël. Il ne semble pas avoir d'amis en
dehors de la prison, et actuellement n'en a pas à
l'intérieur, c'est-à-dire pas d'ami particulier. Ce
ne fut pas toujours le cas.

Un dimanche d'hiver, quelques années auparavant,
Mr. Schaeffer était assis sur les marches du dortoir
et taillait une poupée C'est un de ses talents.
Ses poupées sont fabriquées en pièces détachées,
réunies ensuite par des bouts de fil de fer. Les bras
et les jambes remuent, la tête tourne. Quand il en
a terminé environ une douzaine, le dirigeant de
la ferme les emporte à la ville, et là elles sont ven-
dues dans un bazar. De cette façon, Mr. Schaeffer
gagne l'argent de ses sucreries et de son tabac.

Ce dimanche-là, comme il était assis, découpant
les doigts pour une petite main, un tracteur débou-
cha dans la cour de la prison. Un adolescent,
enchaîné par la main au capitaine de la prison, des-

cendit du tracteur, clignant des yeux en regardant
le nébuleux soleil d'hiver. Mr. Schaeffer lui jeta
à peine un regard. Il était alors un homme de cinquante ans dont les dix-sept dernières années
s'étaient écoulées à la ferme. L'arrivée d'un nouveau prisonnier ne pouvait l'intéresser. Le dimanche
est jour de repos et les autres hommes qui traînail-
laient dans la cour s'assemblèrent autour du tracteur. Pick Axe et Goober s'arrêtèrent ensuite près
de Mr. Schaeffer pour bavarder.

Pick Axe dit : « C'est un étranger, que le nouveau. Il est de Cuba mais il a des cheveux blonds.

— Un tueur, d'après le Cap'n, dit Goober qui était
un tueur lui-même. Il a piqué un marin, à Mobile.

— Deux marins, rectifia Pick Axe. Mais c'était
une querelle de café. Il ne les a pas trop amochés.

— Couper l'oreille d'un homme, tu appelles ça
ne pas l'amocher? Ils lui ont collé deux ans, que
dit le Cap'n. »

Pick Axe dit : « Il a une guitare toute couverte
de brillants. »

Il commençait à faire trop nuit pour travailler.
Mr. Schaeffer assembla les morceaux de sa poupée et, la tenant par ses petites mains, l'installa
sur ses genoux. Il alluma une cigarette. Les pins
étaient bleus dans le crépuscule et la fumée de sa
cigarette traînait dans l'air froid et assombri. Il
pouvait voir le Capitaine venir à lui à travers la
cour. Le nouveau prisonnier, un jeune homme
blond, le suivait un pas en arrière. Il portait une
guitare incrustée de diamants de verre aux scintil-
lements étoilés. Son uniforme neuf était trop grand
pour lui. Il avait l'air déguisé.

« Quelqu'un pour vous, Schaeffer », dit le Capitaine, s'arrêtant aux marches du dortoir. Le Capitaine n'était pas un homme dur. De temps à autre
il invitait Mr. Schaeffer dans son bureau et il leur
arrivait de parler des choses qu'ils avaient lues
dans le journal. « Tico Feo, dit-il comme si c'était
un nom d'oiseau ou de chanson, voilà Mr. Schaeffer,
tâche d'être bien avec lui et tu ne te tromperas pas. »

Mr. Schaeffer leva les yeux vers le garçon et sourit.
Il lui sourit plus longtemps qu'il ne souhaitait le
faire, car le garçon avait des yeux comme des stries
de ciel, bleus comme le soir d'hiver, et ses cheveux
étaient de l'or des dents du Capitaine. Son visage
était rieur, flexible, intelligent. En le regardant,
Mr. Schaeffer pensa à des vacances, à des choses
gaies.

« L'est comme ma petite sœur », dit Tico Feo
en touchant la poupée de Mr. Schaeffer. Sa voix,
avec son accent cubain, était lisse et douce comme
une banane. « Elle s'assoit aussi sur mes genoux! »

Mr. Schaeffer fut pris d'une timidité soudaine.
Saluant le Capitaine il s'enfonça dans les ombres de
la cour. Il se tint là, murmurant le nom des étoiles
du soir comme elles s'épanouissaient au-dessus de
lui. Les étoiles étaient sa joie, mais ce soir-là, elles
ne le réconfortèrent pas. Elles ne lui rappelèrent
pas que ce qui nous arrive sur terre se perd dans
l'infini rayonnement de l'éternité. Et, les contemplant, ces étoiles, il pensa à la guitare de joyaux
et à son terrestre scintillement.

On pourrait dire de Mr. Schaeffer que, dans sa
vie, il n'avait réellement commis qu'une mauvaise action. Il avait tué un homme. Les circons-

tances de cet acte sont de peu d'importance, sinon
pour observer que l'homme méritait de mourir
mais que pour cela Mr. Schaeffer avait été condamné
à quatre-vingt-dix-neuf ans et un jour de prison.
Depuis longtemps, en fait depuis de nombreuses
années, il ne pensait plus à ce qui avait précédé
son arrivée à la ferme. Les souvenirs de ce temps-là
étaient comme ceux d'une maison inhabitée dont
les meubles sont tombés en poussière. Mais ce
soir-là, c'était comme si des lampes avaient été
allumées à travers les lugubres chambres mortes.
Cela avait commencé en voyant Tico Feo s'avancer
à travers le crépuscule avec sa splendide guitare.
Jusqu'à ce moment il n'avait pas mesuré sa solitude. A présent qu'il en avait pris conscience il se
sentait vivant. Il n'avait pas désiré se sentir vivant.
Être vivant c'était se souvenir des rivières brunes
où courent les poissons et du soleil sur des cheveux de femme.

Mr. Schaeffer baissa la tête. L'éclat des étoiles le
faisait pleurer.

Le dortoir était d'habitude un endroit morne,
ranci par l'odeur des prisonniers, et nu sous l'éclairage des deux ampoules électriques sans abat-jour.
Mais avec l'arrivée de Tico Feo c'était comme si
un souffle exotique avait traversé la pièce froide,
car, lorsque Mr. Schaeffer revint de sa contempla-
tion des étoiles, il fut confronté à un spectacle
barbare et bruyant. Assis en tailleur sur une couchette, Tico Feo pinçait sa guitare de ses longs doigts
souples, et chantait une chanson aussi gaie que des
sous que l'on remue. Bien que la chanson fût en
espagnol, quelques-uns des auditeurs essayaient

de la chanter avec lui et Pick Axe et Goober dansaient ensemble. Charlie et Wink dansaient aussi mais séparément. C'était une bonne chose d'entendre les hommes rire, et lorsque finalement Tico Feo abandonna sa guitare, Mr. Schaeffer fut de ceux qui le félicitèrent.

« Tu mérites cette belle guitare, dit-il.

— Est une guitare de diamants! dit Tico Feo, flattant de la main son clinquant forain. Une fois, j'en ai eu une avec des rubis, mais celle-là on me l'a volée. A La Havane, ma sœur travaille dans... comment appelez-vous ça? un endroit où on fabrique les guitares. C'est comme ça que j'ai eu celle-là. »

Mr. Schaeffer lui demanda s'il avait beaucoup de sœurs, et en riant Tico Feo montra quatre doigts; puis, ses yeux bleus rétrécis de convoitise, il demanda : « S'il vous plaît, mister Schaeffer, est-ce que vous pouvez me donner des poupées pour mes deux petites sœurs? »

Le soir suivant, Mr. Schaeffer lui apporta les poupées. Après cela il devint le meilleur ami de Tico Feo et ils ne se quittèrent plus. En toutes circonstances ils se témoignèrent des égards.

Tico Feo avait dix-huit ans. Pendant deux ans, il avait travaillé pour un affréteur, dans les Caraïbes. Enfant, il avait été en classe chez les Sœurs et il portait au cou un crucifix en or. Il avait également un rosaire. Il le gardait enroulé dans une écharpe en soie verte qui contenait trois autres trésors : une bouteille d'eau de Cologne « Soir de Paris », un miroir de poche, et la carte du monde. Ces choses, et la guitare c'était tout ce qu'il possédait, et il ne permettait à personne d'y toucher. C'était peut-être la carte qu'il préférait. Le soir, avant qu'on éteigne les lumières, il lui arrivait de la déplier et de montrer à Mr. Schaeffer les endroits où il avait été. Galveston, Miami, La Nouvelle-Orléans, Mobile, Cuba, Haïti, la Jamaïque, Porto-Rico, les îles de la Vierge. Et les endroits où il avait envie d'aller. Il avait envie d'aller partout. Surtout à Madrid et surtout au pôle Nord. Cela effrayait et charmait tout ensemble Mr. Schaeffer. Cela lui faisait de la peine de penser à Tico Feo sur les mers et dans les terres lointaines. Quelquefois il regardait son ami avec méfiance et pensait : « Tu n'es qu'un rêveur paresseux. »

C'était vrai. Tico Feo était paresseux. Après cette première soirée il fallait le secouer, même pour jouer de sa guitare. Au jour levant, quand un gardien venait réveiller les prisonniers, ce qu'il faisait en tapant sur le poêle avec un marteau, Tico Feo geignait comme un enfant. Quelquefois il feignait d'être malade, se plaignait, se frottait l'estomac. Mais cela ne prit jamais et le Capitaine l'envoyait au travail avec les autres. Lui et Mr. Schaeffer furent attachés à une équipe qui travaillait à une route. C'était un travail très dur, creuser dans l'argile gelée et porter des sacs remplis de cailloux cassés. Le gardien passait son temps à crier après Tico Feo, lequel passait son temps, lui, à essayer de s'appuyer sur quelque chose.

Chaque jour à midi quand les gamelles du repas circulaient, les deux amis s'asseyaient côte à côte. Il y avait toujours de bonnes choses dans la gamelle de Mr. Schaeffer, car il pouvait s'offrir des pommes

et des bâtons de sucre achetés à la ville. Il aimait
les donner à son ami, car son ami en était tellement
friand et il pensait : « Tu es en pleine croissance.
Ce sera long avant que tu deviennes un homme
fait. »

Tout le monde n'aimait pas Tico Feo. Soit qu'ils
en fussent jaloux ou pour des raisons plus subtiles,
certains prisonniers racontaient de laides histoires
sur son compte. Tico Feo lui-même ne semblait
pas s'en apercevoir. Quand les hommes s'assemblaient autour de lui, qu'il jouait de sa guitare ou
chantait de ses chansons, on pouvait voir qu'il se
croyait aimé. La plupart des hommes éprouvaient
une sorte d'amour pour lui. Ils attendaient cette
heure entre la soupe et l'extinction des lumières.
Ils en dépendaient. « Tico, joue-nous de ta boîte »,
lui demandaient-ils. Ils ne se rendaient pas compte
qu'ensuite la tristesse était plus grande que jamais.
Le sommeil leur courait après comme un lapin
mécanique et leurs yeux s'attardaient méditativement sur la lueur du feu qui crépitait derrière
la grille du poêle. Mr. Schaeffer était le seul à
comprendre leur émotion car il l'éprouvait aussi.
C'était simplement que son ami avait ressuscité les
rivières brunes où sautent les poissons, et les
femmes avec le soleil dans leurs cheveux.

Bientôt Tico Feo obtint la faveur d'une couchette près du poêle, à côté de Mr. Schaeffer.
Mr. Schaeffer savait dès le début que son ami était
un terrible menteur Ce n'était d'ailleurs pas la
vérité qu'il cherchait dans les récits d'aventure de
Tico Feo, dans ses succès et ses rencontres avec des
gens illustres. Le plaisir qu'il y prenait était celui

des histoires toutes simples, telles qu'on en peut lire dans un magazine, et cela le réchauffait d'entendre le murmure tropical de la voix de son ami, dans l'obscurité.

Sauf qu'il n'existait entre eux aucun rapport physique de fait ou d'intention, encore que de telles choses ne fussent pas ignorées à la ferme, ils se comportaient comme des amants. De toutes les saisons, le printemps est la plus épuisante, les tiges jaillissent de l'écorce terrestre durcie par l'hiver, de jeunes feuilles craquent hors des branches condamnées à périr, le vent engourdissant circule à travers la verdure neuve. Il en était de même pour Mr. Schaeffer. Une libération, l'assouplissement des muscles durcis.

On était en fin janvier. Les deux amis étaient assis sur les marches du dortoir, chacun tenant une cigarette à la main. Une lune, mince et jaune comme un morceau d'écorce de citron, s'incurvait au-dessus d'eux, et à sa clarté, des fils de gelée blanche luisaient comme des traces d'argent que laissaient les escargots. Depuis bien des jours, Tico Feo s'était retiré en lui-même, silencieux comme un voleur aux aguets dans l'obscurité. Inutile de lui demander : « Tico, joue-nous de ta boîte. » Il se contentait de vous regarder avec des yeux doux et distraits.

« Raconte-moi une histoire, dit Mr. Schaeffer qui se sentait nerveux et sans force quand il ne parvenait pas à atteindre son ami. Raconte-moi la fois où tu es allé sur le champ de courses de Miami.

— J'ai pas jamais été aux courses », dit Tico Feo, admettant ainsi son plus extravagant mensonge. Celui qui impliquait des centaines de dollars et une rencontre avec Bing Crosby. Il n'avait pas l'air de s'en soucier. Il sortit un peigne et le passa boudeusement dans ses cheveux. Quelques jours plus tôt, ce peigne avait provoqué une violente querelle. Un des prisonniers, Wink, avait prétendu que Tico Feo le lui avait volé, à quoi l'accusé avait répondu en lui crachant à la figure. Ils s'étaient battus jusqu'à ce que Mr. Schaeffer et un autre homme les eussent séparés. « C'est mon peigne, dis-le-lui », avait demandé Tico Feo à Mr. Schaeffer. Mais Mr. Schaeffer déclara, avec une tranquille fermeté, que ce peigne n'était pas celui de son ami. Réponse qui avait semblé confondre les deux parties. « Bon, dit Wink, s'il en a tellement envie, pour l'amour de Dieu, que ce fils de chienne le garde. » Plus tard d'une voix incertaine, Tico Feo avait dit : « Je croyais que tu étais mon ami. » « Je le suis », pensa Mr. Schaeffer, bien qu'il ne répondît pas.

« J'ai pas été jamais aux courses, et ce que j'ai dit à propos de la dame veuve c'est pas vrai non plus. » Il tira sur sa cigarette jusqu'à provoquer un furieux rougoiement, et regarda Mr. Schaeffer d'un air interrogateur. « Dites, Mister, vous avez de l'argent ? — Dans les vingt dollars à peu près », dit Mr. Schaeffer en hésitant et assez inquiet de ce qui allait suivre.

« C'est pas beaucoup, vingt dollars! dit Tico, mais sans marquer de déception. Ça ne fait rien. On s'arrangera en route A Mobile, j'ai mon ami Federico. Il nous mettra sur un bateau. Y aura rien à craindre. » Et c'était comme s'il avait annoncé que le temps tournait au froid.

Le cœur de Mr. Schaeffer se serra. Il était incapable de parler.

« Personne court assez vite pour rattraper Tico.
Il court le plus vite

— Les fusils courent plus vite encore, dit
Mr. Schaeffer d'une voix à peine perceptible. Je
suis trop vieux! » dit-il encore, la notion de l'âge
soulevant en lui une nausée.

Tico Feo n'écoutait pas. « Et puis la terre, la
terre, el mundo, mon ami! » Debout il s'ébroua
comme un jeune cheval; il semblait attirer tout à
lui, la lune, le hululement des chouettes. Son souffle
se faisait rapide et tournoyait en vapeur dans l'air.
« Si on allait à Madrid? Peut-être quelqu'un m'apprend les courses de taureaux. Vous ne croyez pas,
Mister? »

Mr. Schaeffer n'écoutait plus : « Je suis trop vieux,
dit-il; je suis salement trop vieux. »

Pendant les semaines suivantes, Tico le harcela.
« Et puis toute la terre! El mundo, mon ami », et
il avait envie de se cacher. Il allait se cacher aux
toilettes et se tenait la tête. Et cependant il était
excité, tenté. Et si, après tout, cela pouvait se réali-
ser, cette course avec Tico, à travers les forêts vers
la mer? Il s'imaginait dans un bateau, lui qui n'avait
jamais vu la mer; dont toute la vie avait été enraci-
née en terre! Pendant cette période un des prisonniers mourut, et dans la cour on pouvait entendre
fabriquer son cercueil. A chaque clou martelé en
place, Mr. Schaeffer pensait : « C'est pour moi.
C'est le mien! »

Tico Feo lui-même n'avait jamais été de meilleure humeur. Il allait et venait, se déhanchant avec
une grâce provocante de gigolo, de danseur. Il avait
pour chacun une plaisanterie. Dans le dortoir, après

souper, ses doigts faisaient **éclater** les cordes de la
guitare comme des pétards. Il apprit aux hommes
à crier : « Olé! » et quelques-uns envoyaient en
l'air leurs casquettes.

Une fois le travail de la route terminé, Mr. Schaeffer et Tico furent ramenés dans les forêts. Le jour
de la Saint-Valentin ils mangèrent leur repas sous
un sapin. Mr. Schaeffer avait commandé à la ville
une douzaine d'oranges et il les pelait soigneusement, l'écorce se déroulant en spirales. Il tendait
les tranches les plus juteuses à son ami qui était très
fier de la distance à laquelle il pouvait cracher les
pépins... A dix pieds au moins.

C'était une froide et belle journée, des reflets de
soleil volaient autour d'eux comme des papillons,
et Mr. Schaeffer qui aimait le travail de bûcheron
se sentait vague et heureux. Puis Tico Feo déclara :
« Ce type-là, il n'attraperait pas une mouche avec
sa bouche! » Il désignait ainsi Armstrong, un
homme à groin de pourceau, assis avec un fusil calé
entre ses jambes. C'était le plus jeune des gardiens,
et nouveau à la ferme.

« Je me le demande », dit Mr. Schaeffer. Il avait
observé Armstrong, et remarqué que comme beaucoup de personnes à la fois massives et prétentieuses,
le nouveau gardien se déplaçait avec une fluide
vélocité. « Il pourrait bien t'étonner!

— Je pourrais bien l'étonner aussi! » dit Tico Feo
en crachant un pépin d'orange en direction d'Armstrong. Le gardien le regarda avec malveillance puis
donna un coup de sifflet. C'était le signal de la
reprise du travail.

Il advint qu'au cours de l'après-midi les deux

amis se retrouvèrent en contact. C'est-à-dire qu'ils
clouaient des godets à résine sur des arbres proches
les uns des autres. A quelque distance en contrebas,
un ruisseau bondissant et sans profondeur se divi-
sait à travers bois. « Dans l'eau, pas d'odeur, énonça
soigneusement Tico Feo comme répétant une chose
qu'il aurait entendue. On courra dans l'eau, et puis
la nuit nous grimpons dans un arbre. Oui, Mister. »
    Mr. Schaeffer continua à clouer mais sa main
tremblait et le marteau s'abattit sur son pouce. Il
se tourna d'un air égaré vers son ami. Son visage ne
trahissait aucun réflexe de douleur et il ne mit pas
son pouce dans sa bouche comme un autre homme
à sa place l'aurait fait.
    Les yeux bleus de Tico Feo semblaient se dilater
comme des bulles et quand d'une voix plus ténue
que le son du vent dans la cime des sapins il dit
« Demain! » ce furent seulement ces yeux que vit
Mr. Schaeffer.
    « Demain, Mister.
    — Demain », dit Mr. Schaeffer.
    Les premières couleurs du matin touchèrent les
murs du dortoir et Mr. Schaeffer qui avait à peine
dormi sut que Tico Feo était éveillé lui aussi. Avec
le regard somnolent du crocodile, il observa les
gestes de son ami dans la couchette voisine. Tico
Feo dénouait l'écharpe qui contenait ses trésors.
D'abord il sortit le miroir de poche dont les reflets
de méduse tremblèrent sur son visage. Pendant un
moment il se contempla avec une joie profonde,
puis peigna et lissa ses cheveux comme s'il se préparait pour une cérémonie. Ensuite il suspendit le
rosaire à son cou. Il n'ouvrit pas la bouteille d'eau

de Cologne et ne déplia pas la carte. La dernière
chose qu'il fit fut d'accorder sa guitare. Tandis que
les autres prisonniers s'habillaient il s'assit sur le
bord de sa couchette et accorda sa guitare. C'était
étrange, car il devait savoir que plus jamais il n'en
jouerait

Les cris des oiseaux suivaient les hommes à travers les bois fumeux du matin. Ils marchaient en
file unique, quinze par groupe, un gardien fermant
la marche de chaque groupe. Mr. Schaeffer trans
pirait comme si le temps était chaud et n'arrivait
pas à régler son pas sur celui de son ami qui le
précédait, claquant des doigts et sifflant avec les
oiseaux.

Ils étaient convenus d'un signal. Tico Feo devait
appeler : « Temps d'arrêt » et faire semblant d'aller
derrière un arbre Mais Mr. Schaeffer ne savait pas
à quel moment cela devait se passer.

Le gardien nommé Armstrong siffla et ses prisonniers rompirent la file et se rendirent à leurs postes
différents. Mr. Schaeffer, bien qu'accomplissant de
son mieux son travail, prenait bien soin d'être placé
de manière à surveiller à la fois Tico Feo et le gardien. Armstrong s'assit sur une souche, une chique
de tabac lui faisant une joue de travers et son fusil
pointé vers le soleil. Il avait des yeux rusés de tri-
cheur. Vous ne pouviez jamais savoir de quel côté
il regardait.

Un autre homme donna le signal. Bien que
Mr. Schaeffer sût aussitôt que ce n'était pas la voix
de son ami, la panique serra son cou comme une
corde. A mesure que la matinée avançait il se faisait
une telle rumeur dans ses oreilles qu'il doutait

de pouvoir entendre le signal quand il viendrait.

Le soleil montait vers le centre du ciel. « Ce n'est jamais qu'un rêveur paresseux. Cela n'arrivera jamais », pensa Mr. Schaeffer osant y croire pendant l'espace d'une seconde. Mais « Mangeons d'abord », dit Tico Feo d'un air entendu, tandis qu'ils disposaient leurs gamelles de repas sur la rive au-dessus du ruisseau. Ils mangèrent en silence presque comme si chacun d'eux en voulait à l'autre. Mais à la fin, Mr. Schaeffer sentit la main de son ami se fermer sur la sienne et la serrer tendrement.

« Monsieur Armstrong, temps d'arrêt... »

Près du ruisseau, Mr. Schaeffer avait repéré un arbre à résine douce, et il se disait que ce serait bientôt le printemps et que l'on pourrait bientôt en mâcher la gomme. Une pierre coupante comme un rasoir entailla la paume de sa main alors qu'il dévalait de la rive glissante dans l'eau. Il se redressa et se mit à courir. Ses jambes étaient longues et il se maintenait presque à la même hauteur que Tico Feo. Des fusées d'eau glacée éclataient autour d'eux. Derrière et devant eux, à travers les bois, les voix des hommes retentissaient, sonnant creux comme des voix dans une caverne.

Puis il y eut trois coups de feu, tirés en l'air, comme si le gardien visait un vol d'oies sauvages.

Mr. Schaeffer ne vit pas le tronc qui barrait le ruisseau. Il croyait courir encore alors que ses jambes battaient l'air autour de lui comme s'il était une tortue renversée sur le dos.

Tandis qu'il luttait ainsi, il lui sembla que le visage de son ami suspendu au-dessus du sien faisait partie du ciel blanc de l'hiver. Il était si lointain et le jugeait. Il demeura ainsi, suspendu un instant comme un oiseau-mouche, mais en cet instant il put voir que Tico Feo n'avait jamais souhaité qu'il le suivît, n'avait jamais pensé qu'il le pourrait. Et il se souvint s'être dit, une fois, qu'il faudrait beaucoup de temps avant que son ami devînt un homme fait. Quand ils le trouvèrent, il était encore étendu dans une eau à hauteur de cheville, comme si c'était un après-midi d'été et qu'il flottait paresseusement dans le courant.

Depuis cela, trois hivers ont passé, et de chacun on a pu dire qu'il était le plus froid et le plus long. Deux récents mois de pluie ont creusé des ornières plus profondes dans la route argileuse conduisant à la ferme et c'est plus difficile que jamais d'y parvenir, et plus difficile encore de s'en éloigner. Deux nouveaux phares ont été ajustés aux murs et ils brûlent là, toute la nuit, comme les yeux d'une chouette géante. A part cela, il n'y a guère de changement. Mr. Schaeffer, par exemple, est toujours le même, sauf une couche de neige plus épaisse sur ses cheveux, et du fait d'une cheville brisée il boite en marchant. C'est le Capitaine lui-même qui déclara que Mr. Schaeffer s'était brisé la cheville en essayant de rattraper Tico Feo. Il y eut même un portrait de Mr. Schaeffer dans le journal, et au-dessous, comme légende, qu'il avait essayé de prévenir une évasion. A l'époque, il en fut horriblement mortifié, non pas parce qu'il pensait que cela faisait rire les autres prisonniers, mais parce qu'il imaginait Tico Feo lisant le journal. Néanmoins il découpa l'image et la garda dans une enveloppe avec plusieurs autres coupures concernant son ami. Une dame célibataire

avait dit qu'il était entré chez elle et l'avait embras-
sée A deux reprises on le signala dans les environs
de Mobile. Finalement on admit qu'il avait quitté
le pays.

Personne ne contesta à Mr. Schaeffer le droit de
garder la guitare. Voici quelques mois un nouveau
prisonnier fut envoyé dans le dortoir. Il passait
pour être un très bon exécutant et l'on persuada
Mr. Schaeffer de lui prêter la guitare. Mais tous les
sons qu'en tirait cet homme étaient aigres et c'était
comme si, Tico Feo accordant sa guitare, ce dernier
matin, lui avait jeté un sort. Maintenant elle repose
sous la couchette de Mr. Schaeffer, et ses diamants
de verre jaunissent. Pendant la nuit, sa main s'égare
parfois à sa recherche et ses doigts effleurent les
cordes; et puis, la terre...

Un souvenir de Noël

Imaginez une matinée de fin novembre. Le début d'une matinée d'hiver il y a plus de vingt ans de cela. Concevez la cuisine d'une vieille maison de guingois dans une ville de province. Un grand fourneau noir en est le principal ornement, mais il y a aussi une grande table ronde et une cheminée avec deux fauteuils à bascule placés devant. C'est justement aujourd'hui que la cheminée a commencé son ronronnement saisonnier.

Une femme aux cheveux blancs coupés court se tient devant la fenêtre de la cuisine. Elle porte des souliers de tennis et un informe sweater par-dessus sa robe d'été en calicot. Elle est petite et combative comme une poule bantam, mais, en raison d'une longue maladie dans sa jeunesse, ses épaules sont pitoyablement bossues. Son remarquable visage n'est pas sans ressembler à Lincoln, aussi raviné, aussi coloré par le soleil et le vent. Mais il est délicat, avec une fine ossature, et ses yeux sont couleur de sherry et timides. « Pauvre de moi, s'écrie-t elle, son souffle enfumant la vitre. C'est un temps à faire les cakes aux fruits. »

La personne à laquelle elle s'adresse, c'est moi.

J'ai sept ans. Elle en a soixante et plus. Nous sommes des cousins très éloignés, et nous avons vécu ensemble... eh bien autant que je puisse m'en souvenir. D'autres personnes habitent la maison, des parents, et, bien qu'ils exercent leur autorité sur nous, et que fréquemment ils nous fassent pleurer, nous ne sommes pas trop, dans l'ensemble, conscients de leur présence. Nous sommes le meilleur ami l'un de l'autre. Elle m'appelle Buddy en souvenir d'un petit garçon qui fut autrefois son meilleur ami. Cet autre Buddy est mort en 1880 quand elle était encore une enfant. Elle est restée une enfant.

« Je l'ai senti avant de me lever, dit-elle se détournant de la fenêtre avec un enthousiasme déterminé dans le regard. La cloche de la cour sonnait si froid et si clair et aucun oiseau ne chantait. Ils sont partis pour des pays plus doux. Oui, parfaitement. Oh! Buddy, arrête-toi de te bourrer de biscuits, et va chercher notre landau. Aide-moi à trouver mon chapeau. Nous avons trente gâteaux à cuire. »

C'est toujours la même chose. Un matin arrive en novembre, et mon amie, comme si elle inaugurait officiellement la période annuelle de Noël qui excite son imagination et fournit du combustible aux flammes de son cœur, annonce : « C'est le moment de faire les cakes aux fruits. Va chercher le landau. Aide-moi à trouver mon chapeau. »

On trouve le chapeau, une roue en paille, la calotte ceinte de roses de velours que le grand air a fanées. Il appartint jadis à une parente élégante Ensemble nous poussons notre landau, une vieille voiture d'enfant, hors du jardin, en direction d'un bosquet de pécans. La voiture est à moi, c'est-à-dire qu'on l'acheta pour moi à ma naissance. Elle est en osier qui se dépaille et les roues flageolent comme des jambes d'ivrognes. Mais c'est un objet fidèle. Au printemps nous l'emmenons dans les bois et la remplissons de fleurs, d'herbes, de fougère sauvage pour les jarres du porche. En été on empile dedans les ustensiles du pique-nique et des cannes à pêche en bambou et nous la roulons jusqu'au bord du ruisseau. Elle a son utilité en hiver aussi, comme chariot pour véhiculer les bûches de la cour jusqu'à la cuisine et comme lit bien chaud pour Queenie, notre petite ratière à poils rudes, orange et blancs, qui a survécu à la maladie et à deux morsures de serpents à sonnettes. Queenie trotte à côté en ce moment.

Trois heures plus tard nous sommes de retour à la cuisine, halant un plein chargement de pécans tombés. Le dos nous fait mal de les avoir ramassés. Ils sont si difficiles à trouver (la récolte principale ayant été secouée des arbres et vendue par les propriétaires du verger qui ne sont pas nous), parmi les feuilles qui les cachent et l'herbe traîtresse et gelée. Crac, crac, crac. Un gai craquement, des éclats de tonnerre en miniature quand la coque se brise, et le tas doré des fruits d'ivoire, doucement huileux, s'élève dans le bol de verre pour le lait. Queenie réclame pour y goûter, et de temps en temps mon amie lui en casse un petit morceau, tout en faisant ressortir que nous nous privons pour elle. « Il ne faut pas, Buddy. Si nous commençons nous ne nous arrêterons plus. Et tel quel, nous en avons tout juste assez. Pense, trente cakes! » La

cuisine s'assombrit Le crépuscule transforme la
fenêtre en miroir, notre reflet se confond avec la
montante lune, tandis que nous travaillons devant
la cheminée à la lueur du feu. Et quand enfin la lune
est tout à fait haute, nous lançons les dernières
coques dans le feu, et, soupirant ensemble, nous les
regardons s'enflammer. Le landau est vide et la
jarre est pleine.

Nous prenons alors notre souper: des biscuits
froids, du bacon, de la confiture de mûres, et nous
discutons du lendemain. Demain, le travail que je
préfère va commencer : les emplettes. Citrons et
cerises, gingembre et vanille, ananas d'Hawaii en
conserve, raisins, écorces, noix et whisky. Oh! et
puis tant de farine, de beurre, tant d'œufs, d'épices,
de condiments. C'est bien simple, il faudrait un
poney pour ramener le landau à la maison.

Mais avant de procéder à ces achats, il y a la question d'argent. Nous n'en avons ni l'un ni l'autre.
A l'exception des minables subsides que les gens de
la maison nous allouent de temps à autre — un
« cent » est considéré comme beaucoup d'argent —
à l'exception de ce que nous gagnons nous-mêmes
grâce à nos activités diverses : ventes d'objets usa-
gés, vente de boisseaux de mûres cueillies à la main,
de pots de confitures « maison », de gelée de
pomme, de conserves de pêches, de bouquets mon-
tés pour des enterrements ou des mariages... Une
fois, nous gagnâmes un soixante-dix-neuvième
prix — cinq dollars — dans un concours national
de football. Nous n'y connaissions goutte ni l'un ni
l'autre. C'est tout simplement que nous prenons
part à tous les concours dont nous entendons par-

ler. Pour l'instant, nos espérances sont suspendues au Grand Prix de Cinquante Mille Dollars, offert à qui trouvera le meilleur slogan pour lancer une nouvelle marque de café. Pour dire la vérité, notre seule véritablement profitable entreprise fut le Musée de la Gaieté et des Phénomènes que nous installâmes dans un hangar au fond de la cour, derrière la maison, deux ans auparavant. La gaieté c'étaient des vues de Washington et de New York au vérascope prêtées par une parente qui avait visité ces endroits (elle fut indignée quand elle sut pourquoi nous les lui avions empruntées). Le Phénomène c'était un poussin à trois pattes couvé par une de nos propres poules. Tout le monde aux alentours voulut voir la créature Nous demandions aux adultes vingt-cinq *cents* et cinq aux enfants. Cela nous rapporta vingt dollars avant que le Musée dût fermer pour cause du décès de sa principale attraction.

Mais d'une manière ou d'une autre nous accumulions nos économies de Noël pour une « Caisse du Cake aux fruits ». Ces ressources nous les cachons dans une vieille bourse perlée, sous une lame de parquet, sous le vase de nuit, sous le lit de mon amie. La bourse est rarement extraite de cette sûre cachette, sauf pour y ajouter, ou, chaque samedi, pour un retrait. Car le samedi j'ai droit à dix *cents* pour aller au cinéma. Mon amie n'a jamais été au cinéma et elle n'en a nullement l'intention. « J'aime mieux t'entendre me raconter les histoires, Buddy. Comme ça je me rends mieux compte. D'ailleurs les personnes de mon âge devraient ménager leurs yeux. Quand le Seigneur

viendra, je veux le voir clairement. » En plus de
n'avoir jamais été au cinéma, mon amie n'a jamais
pris un repas dans un restaurant, ne s'est jamais
éloignée de plus de dix kilomètres de chez elle, n'a
jamais reçu ou envoyé un télégramme, n'a jamais
rien lu sauf des journaux comiques et la Bible, ne
s'est jamais servie de cosmétiques, n'a jamais mau-
dit personne ni souhaité du mal à quelqu'un, n'a
jamais menti délibérément, n'a jamais laissé un
chien affamé s'en aller affamé. Voici, par contre,
les rares choses qu'elle a faites : Tuer avec une
bêche le plus grand serpent à sonnettes qu'on ait
jamais vu dans la région (seize sonnettes), priser
(en cachette), apprivoiser des oiseaux-mouches
(essayez pour voir!) jusqu'à ce qu'ils se balancent
sur son doigt, raconter des histoires de revenants
(nous croyons tous les deux aux revenants) tellement horrifiantes qu'elles vous font frissonner
même en juillet, parler toute seule, se promener
sous la pluie, cultiver les plus jolis japonicas de la
ville, connaître toutes les recettes curatives des
Indiens d'autrefois, y compris un remède magique
pour supprimer les verrues.

Et maintenant, le souper terminé, nous nous
retirons dans la chambre de la partie la plus reculée
de la maison, où mon amie dort dans un lit de fer,
peint en rose, sa couleur préférée, sous une couverture piquée en échantillons de tissu. Silencieusement plongés dans les délices de la conspiration
nous sortons la bourse perlée de sa cachette secrète
et nous étalons son contenu sur la couverture arle-
quine. Des billets d'un dollar roulés serrés et verts
comme des bourgeons de mai. De sombres pièces

de cinquante *cents* assez lourdes pour peser sur les yeux d'un mort. De ravissantes pièces d'une dime, la monnaie la plus vivante, celle qui sonne vraiment, et puis les nickels, les quarts, doucement usés comme des pierres de torrents. Mais surtout un affreux tas de pennies à l'odeur amère. L'été dernier, les gens de la maison s'étaient engagés à nous verser un penny chaque fois qu'on aurait tué vingt-cinq mouches. Oh! ce carnage d'août! Ces mouches qui montaient au ciel! Cependant ce n'était pas un travail qui nous rendît fiers. Et tandis que nous comptions, assis, nos sous, c'était comme si nous retournions en arrière, vers notre comptabilité de mouches mortes. Ni l'un ni l'autre nous ne sommes doués pour les chiffres. Nous additionnons lentement, nous perdons le fil, nous recommençons. Selon les calculs de mon amie, nous avons douze dollars soixante-treize. Selon les miens, treize dollars. « J'espère que tu t'es trompé, Buddy. On ne peut pas tabler sur treize. Les gâteaux seront ratés ou bien ils enverront quelqu'un au cimetière. Pense que je ne voudrais pour rien au monde me lever un treize! » C'est vrai. Elle passe tous les treize au lit. Aussi, pour rester du bon côté nous soustrayons un penny et nous l'envoyons par la fenêtre.

De tous les ingrédients requis pour nos cakes aux fruits, le whisky est le plus coûteux aussi bien que le plus difficile à obtenir. Les lois de l'État en proscrivent la vente. Mais chacun sait que vous pouvez en acheter une bouteille à Mr. Haha Jones. Et le jour suivant, ayant complété la partie prosaïque de nos acquisitions, nous nous rendîmes à l'adresse commerciale de Mr. Haha, un établissement mal famé selon l'opinion publique, combinant café, restaurant de friture et bal musette au bord de la rivière. Nous y avons été déjà, pour les mêmes raisons, mais nos tractations s'étaient limitées à la femme de Haha, une Indienne couleur de teinture d'iode, avec une tignasse de cheveux décolorés en blond et un naturel des plus languissants. Nous n'avions jamais vu son mari, tout en sachant qu'il était un Indien, lui aussi. Un géant avec des joues entaillées de cicatrices au rasoir. On l'appelle Haha parce qu'il est tellement lugubre; un homme qui ne rit jamais. Comme nous approchons de son café (une vaste cabane de rondins, festonnée au-dedans comme au-dehors de guirlandes d'ampoules nues, gaiement bariolée et bâtie sur les berges boueuses de la rivière à l'ombre des arbres riverains où la mousse pend à travers les branches comme un brouillard gris), nous ralentissons nos pas. Même Queenie s'arrête de bondir et trotte tout contre nous. Des gens ont été assassinés dans le café de Haha! Coupés en morceaux! Assommés! Il y a une affaire qui va venir devant les tribunaux le mois prochain! Naturellement ces histoires se passent la nuit quand les ampoules de couleur projettent des lueurs bizarres et que le piano mécanique geint. Pendant la journée la maison de Haha n'est que minable et déserte. Je frappe à la porte, Queenie aboie, mon amie appelle : « Madame Haha! Madame! Il y a quelqu'un? »

Des pas. La porte s'ouvre. Le cœur nous manque.

C'est Mr. Haha Jones en personne. Il est vraiment un géant. Il a des cicatrices. Il ne sourit pas. Non. Il nous dévisage de ses yeux sataniquement obliques et s'enquiert : « Qu'est-ce que vous lui voulez, à Haha? »

Sur le moment, nous sommes trop pétrifiés pour le lui dire; puis mon amie retrouve à moitié sa voix, qui, au mieux aller, n'est jamais qu'un murmure : « S'il vous plaît, monsieur Haha, nous voudrions un quart de votre meilleur whisky. »

Ses yeux se font obliques. Le croiriez-vous, il sourit. Et même il rit. « Lequel de vous deux est le pochard?

— C'est pour faire des cakes aux fruits, monsieur Haha. Pour cuire! »

Il redevient sérieux. Fronce les sourcils. « En voilà une manière de gâcher du bon whisky! » Néanmoins, il se retire dans l'ombre du café pour reparaître quelques secondes après, apportant une bouteille d'alcool sans étiquette, d'un jaune de marguerite. Il la fait miroiter au soleil et dit : « Deux dollars. »

Nous le payons en sous, en centimes, en francs. Brusquement, faisant sauter les pièces dans sa main comme une poignée de dés, son visage s'adoucit. « Je vais vous dire, propose-t-il, reversant l'argent dans notre bourse de perles, envoyez-moi plutôt un de vos cakes aux fruits! — Eh bien, dit mon amie, sur le chemin du retour, voilà ce que j'appelle un homme de cœur. On lui mettra une tasse extra de raisins dans *son* gâteau. »

Le fourneau noir, bourré de charbon et de fagots rutile comme une citrouille intérieurement éclairée.

Les fouets à œufs battent, les cuillers tournent dans les bols de beurre et de sucre, la vanille adoucit l'air, le gingembre l'épice; mêlées et chatouillant les narines, les odeurs imprègnent la cuisine, envahissent la maison, s'échappent au-dehors en bouffées, par les cheminées. En quatre jours le travail est accompli. Trente et un cakes, humides de whisky, reposent sur l'appui des étagères.

Pour qui ces gâteaux?

Pour des amis. Pas nécessairement des amis du voisinage. A dire vrai la plus grande partie était destinée à des gens que nous n'avions peut-être rencontrés qu'une fois et même pas du tout. Des gens qui avaient frappé notre imagination. Comme par exemple le Président Roosevelt, comme le Révérend et Mrs. Lucey, missionnaires baptistes à Bornéo qui étaient venus faire des conférences l'hiver précédent. Ou comme le petit repasseur de couteaux qui traverse la ville deux fois par an. Ou comme Abner Packer, le conducteur du car de six heures venant de Mobile et avec qui nous échangeons des saluts tous les jours quand il passe dans un tumulte de poussière. Ou comme les jeunes Wistons, un ménage de Californie dont la voiture tomba en panne un après-midi devant notre maison, et avec lesquels nous passâmes une heure plaisante à bavarder sur le porche. (Le jeune Mr. Wistons nous prit en photographie, la seule qu'on eût jamais prise de nous.) Est-ce parce que mon amie est timide avec tout le monde *sauf* les étrangers que ces étrangers, et même nos relations les plus fortuites, nous donnent l'impression d'être nos vrais amis? Oui, je le crois. Et puis les albums que

nous gardons, de remerciements sur le papier à
en-tête de la Maison Blanche, les messages éven-
tuels de Californie et de Bornéo, et les cartes postales à un sou du repasseur de couteaux, nous pro-
curent le sentiment d'être reliés à des univers pleins
d'aventures, par-delà notre cuisine avec sa vue sur
un ciel immobile.

Maintenant la branche nue d'un figuier de
décembre frotte la fenêtre. La cuisine est vide,
les cakes sont partis; hier nous avons expédié le
dernier, de la poste, où le prix des timbres a vidé
notre bourse. Nous sommes ruinés. Cela me
déprime quelque peu mais mon amie insiste alors
pour une célébration — avec les deux doigts de
whisky laissés dans la bouteille de Haha. Queenie
en a une cuillerée dans un bol de café. (Elle aime
son café très fort et additionné de chicorée.) Le
reste, nous le répartissons dans deux verres à gelée.
Nous sommes l'un et l'autre très impressionnés
à l'idée de boire du whisky pur. Son goût provoque
en nous une expression tendue et d'aigres frissons!
Mais peu à peu, nous nous mettons à chanter, chacun de nous chantant en même temps que l'autre
des chansons différentes. Je ne connais pas toutes
les paroles de la mienne mais seulement : « Viens
avec moi, viens avec moi, au bal des dandies de la
ville noire! » Mais je sais danser. C'est ça que je
voudrais être plus tard. Un danseur de claquettes
au cinéma. Mon ombre de danseur cabriole sur les
murs, nos voix font trembler la vaisselle, nous pouf-
fons comme si des mains invisibles nous chatouil-
laient. Queenie roule sur son dos, ses pattes labou-
rant l'air, ses noires babines comme retroussées

par un sourire. Tout au fond de moi-même je me sens plein de chaleur et d'étincelles comme les bûches qui s'écroulent, aussi libres que le vent dans la cheminée. Mon amie valse autour du fourneau, l'ourlet de sa pauvre jupe de calicot pincé entre ses doigts comme si c'était une robe de soirée. « Montre-moi le chemin de la maison », chante-t-elle, ses souliers de tennis grinçant sur le sol. « Montre-moi le chemin de la maison... »

Et « deux de la famille » arrivent. Furieux. Forts de leurs yeux qui méprisent et de leurs voix qui cinglent. Écoutez ce qu'ils ont à dire, les mots se bousculant les uns les autres en une coléreuse mélopée. « Un enfant de sept ans! Qui sent le whisky! A quoi pensez-vous d'abreuver ainsi un enfant de sept ans! Sûrement vous êtes folle! C'est le chemin de la perdition. Rappelez-vous la cousine Kate! Et l'oncle Charlie! Et le beau-frère de l'oncle Charlie! Honte sur vous! Scandale! Humiliation! A genoux! Priez! Implorez le Seigneur! »

Queenie file sous le fourneau. Mon amie regarde ses chaussures. Son menton tremble, elle soulève sa jupe, se mouche, se précipite dans sa chambre. Longtemps après que la ville s'est endormie et que la maison est devenue silencieuse à l'exception du tic-tac des pendules et du crachotement des feux qui s'éteignent, elle pleure encore dans son oreiller déjà trempé comme un mouchoir de veuve.

Je lui dis : « Ne pleure pas! » en m'asseyant au pied de son lit, tout frissonnant, en dépit de ma chemise de nuit en flanelle qui fleure encore le sirop contre le rhume de l'hiver précédent, et je la supplie : « Ne pleure pas! en lui taquinant les orteils

et en lui chatouillant les pieds... Tu es trop âgée
pour ça! »

Elle hoquette : « C'est parce que je suis trop
âgée. Âgée et stupide!

— Pas stupide. Drôle. Bien plus drôle que n'importe qui. Écoute, si tu n'arrêtes pas de pleurer, tu seras trop fatiguée demain pour que nous
allions chercher un arbre. »

Elle se redresse. Queenie saute sur le lit (ce qu'elle
n'a pas le droit de faire) et lui lèche les joues.
« Je sais où nous trouverons des arbres vraiment
jolis, Buddy. Et du houx également. Avec des baies
aussi grandes que tes yeux. C'est très loin dans
les bois. Plus loin qu'on soit jamais allé. Papa
avait l'habitude de nous en rapporter nos arbres
de Noël, en les portant sur son dos. Il y a cinquante
ans de cela. Ah! tiens, maintenant, je ne vais plus
pouvoir attendre jusqu'à demain matin. »

C'est le matin. La gelée blanche pétrifiée lustre
l'herbe; le soleil rond comme une orange et orange
comme les lunes de chaleur se balance à l'horizon
et brunit les arbres argentés de l'hiver. Un dindon
sauvage appelle. Un cochon à l'aventure grogne
dans le fourré. Bientôt, près d'une eau fuyant rapide,
à hauteur de genoux, il nous faut abandonner le
landau. Queenie traverse le courant la première en
aboyant ses protestations contre la rapidité de l'eau
et son froid à vous donner une pneumonie. Nous
la suivons portant nos chaussures et notre équipe-
ment (une hachette et des sacs de jute) au-dessus de
nos têtes. Encore quelque quinze cents mètres
d'épines agressives, de capsules épineuses et de
ronces qui s'agrippent à nos vêtements, et d'ai-

guilles de pins rouillées, égayées de champignons
éclatants et de plumes macérées. Ici et là, un sau-
tillement, une palpitation, un délire de gazouille-
ments qui nous rappellent que tous les oiseaux
ne sont pas partis pour le Sud. Sans cesse le sentier
se déroule à travers les flaques de soleil couleur de
citron et des tunnels de vignes sèches. Encore un
ruisseau à franchir. Effrayée, une armada de truites
tachetées bat l'eau en écume autour de nous.
Des grenouilles larges comme des assiettes se
livrent à des exercices de ventriloques. Des castors
construisent un barrage. Sur l'autre rive, Queenie
s'ébroue en tremblant. Mon amie frissonne elle
aussi, non de froid, mais d'enthousiasme. Une des
roses effrangées de son chapeau laisse choir un
pétale tandis qu'elle lève la tête pour inhaler l'air
saturé de pins. « Nous sommes presque arrivés,
le sens-tu, Buddy? » dit-elle comme si nous appro-
chions de l'Océan.

En vérité, c'est un genre d'Océan. Des hectares
embaumés d'arbres de fête, de houx aux feuilles
piquantes. Des baies rouges brillant comme des
clochettes chinoises. Des corbeaux noirs foncent
dessus avec des cris. Ayant rempli nos sacs tressés
avec assez de verdure et d'écarlate pour festonner
une douzaine de fenêtres, nous décidons de choisir un arbre. « Il faudrait, réfléchit mon amie, qu'il
soit deux fois grand comme un petit garçon. Comme
ça, un petit garçon ne peut pas voler l'étoile. »
Celui que nous choisissons est deux fois aussi haut
que moi. Une belle brute courageuse qui résiste à
trente coups de hachette avant de se courber avec
un craquement déchirant d'agonie. Le traînant

comme un cadavre, nous commençons le long trajet du retour. Tous les quelques mètres nous renon-
çons, nous nous asseyons, nous haletons. Mais nous
avons la force des chasseurs triomphants; cela et
le parfum viril et glacé de l'arbre nous ranime,
stimule nos efforts. De nombreux compliments
accompagnent notre retour au couchant, le long de
la route d'argile rouge, vers la ville. Mais mon amie
est prudente et ne se compromet pas, quand les
passants admirent le trésor penché dans notre
landau. « Quel bel arbre! Et où l'avez-vous trouvé?
— Oh! par là-bas », murmure-t-elle vaguement.
Une fois, une automobile s'arrête et la languissante
épouse du riche propriétaire de la filature se penche
et nasille : « Je vous donne deux pièces comptant
pour cet arbre! » D'habitude mon amie a peur de
refuser, mais cette fois elle secoue aussitôt la tête.
« Je ne le donnerais pas pour un dollar! » La
femme du filateur persiste : « Un dollar? Sans
blague. Cinquante *cents,* c'est ma dernière propo-
sition. Grands dieux ma bonne femme, vous pourrez vous en procurer un autre! » Par manière de
réponse mon amie objecte doucement : « Ça
m'étonnerait. Il n'y a jamais deux fois d'une même
chose! »

La maison. Queenie s'abat près du feu et dort
jusqu'au lendemain en ronflant comme une vraie
personne.

Une malle dans le grenier contient un carton à
chaussures plein de queues d'hermine (détachées
de la sortie de bal d'une dame assez bizarre pour

avoir loué autrefois une chambre dans la maison),
des rouleaux de guirlandes d'argent jaunies par le
temps, une étoile d'argent, un métrage (court),
d'ampoules électriques couleur de bonbons, en
mauvais état et probablement dangereuses. D'excel-
lentes décorations dans leur genre mais ça ne va
pas très loin. Mon amie voudrait que notre arbre
étincelât comme un vitrail baptiste, qu'il croule
sous une pesante neige d'ornements. Mais nous ne
pouvons nous offrir les splendeurs — made in Japan
— de « Prisunic ». Aussi nous faisons ce que nous
avons toujours fait. Nous nous asseyons pendant
des journées entières devant la table de cuisine,
avec des ciseaux, des crayons, des piles de papier
de couleur. Je fais des dessins que mon amie
découpe. Des quantités de chats, des poissons aussi
(parce que c'est facile à dessiner), quelques pommes,
quelques melons d'eau, quelques anges ailés pré-
levés sur des feuilles de papier d'argent soigneusement mises de côté. Nous attachons ces créations
à l'arbre avec des épingles de nourrice. Comme
touche finale, nous parsemons les branches avec
des flocons de coton ramassés pour ce but, en août.
Mon amie considère le résultat et joint les mains :
« Eh bien, pour être franche, Buddy, il est assez
beau pour donner envie de le manger. » Queenie,
elle, essaie de manger un ange.

Après avoir tressé et enrubanné des couronnes
de houx pour toutes les fenêtres de façade, notre
tâche suivante est la préparation des cadeaux pour
la famille. Des écharpes peintes pour les dames;
pour les messieurs un sirop maison au citron, à la
réglisse et à l'aspirine, destiné à être avalé aux pre-

miers « Symptômes d'un Refroidissement et au
Retour de la Chassse ». Mais quand nous en venons
à nos cadeaux réciproques, mon amie et moi, nous
nous séparons pour y travailler en secret. J'aimerais lui acheter un couteau à manche de nacre, un
poste de radio, une pleine livre de cerises confites
recouvertes de chocolat (nous en avons goûté une
fois, et depuis elle a toujours affirmé : « Je pourrais
ne manger que cela, Buddy. Seigneur, oui, je le
pourrais si ce n'est pas évoquer Votre nom en
vain. ») Au lieu de cela, je lui confectionne un cerf-
volant. Elle aimerait me donner une bicyclette (elle
me l'a dit en plusieurs millions d'occasions) : « Si
seulement je le pouvais, Buddy! C'est déjà assez
triste dans la vie de se passer de quelque chose
qu'on aimerait avoir. Mais, malheur du sort, ce qui
m'enrage, c'est de ne pouvoir donner aux autres
ce que vous voudriez qu'ils aient! Seulement un
jour j'y arriverai, Buddy. Je te trouverai une bicyclette. Ne me demande pas comment. Peut-être
bien que je la volerai! » En lieu et place, je suis à
peu près certain qu'elle me confectionne elle aussi
un cerf-volant, comme l'année dernière et comme
l'année d'avant. L'année d'avant celle-là, nous
avions échangé des frondes. Mais pour moi tout cela
est parfait. Car nous sommes de ces champions du
cerf-volant qui étudient les vents comme des marins.
Mon amie, plus accomplie que moi, peut faire voler
un cerf-volant quand il n'y a pas assez de brise pour
déplacer les nuages.

La veille de Noël, dans l'après-midi, nous grat-
tons à nous deux un nickel et nous allons chez le
boucher pour acheter à Queenie son cadeau tradi-

tionnel, un bon os de bœuf à ronger. L'os, enveloppé de papier de fantaisie, est attaché haut dans l'arbre près de l'étoile d'argent. Queenie sait qu'il est là. Elle s'accroupit au pied de l'arbre, le museau levé dans une frénésie de convoitise. Quand la nuit vient, impossible de la déloger. Elle refuse de se lever. Son excitation n'a d'égale que la mienne. Je donne des coups de pied dans mes couvertures et je retourne mon oreiller comme si c'était une brûlante nuit d'été. Quelquefois une poule chante, à tort car le soleil est encore de l'autre côté du monde.

« Buddy, tu dors ? » C'est mon amie qui m'appelle de sa chambre qui se trouve à côté de la mienne, et l'instant d'après, tenant une bougie, elle est assise sur mon lit. « Figure-toi que je ne peux pas fermer l'œil, déclare-t-elle. Mon esprit ne fait que sauter comme un diable dans une boîte. Buddy, crois-tu que Mme Roosevelt va servir notre cake à son dîner ? » Nous nous pelotonnons dans le lit et elle serre ma main comme font les amoureux. « J'ai l'impression que ta main était beaucoup plus petite. Je crois bien que je déteste l'idée que tu grandis. Quand tu seras grand, est-ce que nous serons encore des amis ? » Je lui dis : « Toujours ! — Mais je me sens si malheureuse, Buddy ! Je voulais tant te donner une bicyclette ! J'ai essayé de vendre le camée que papa m'avait donné. Et puis, Buddy — elle hésite comme si elle était embarrassée —, je t'ai fait un autre cerf-volant. » J'avoue alors que je lui en ai fait un, moi aussi, et nous rions. La bougie a brûlé trop bas pour qu'on puisse la tenir et elle s'éteint, révélant la lumière des étoiles, les étoiles tournent devant la fenêtre comme un visible car-

rousel que lentement, lentement le jour fait taire.
Il se peut que nous somnolions, mais la naissance
de l'aube nous asperge comme de l'eau froide.
Nous nous levons, les yeux grands ouverts et
nous errons de-ci de-là, attendant que les autres
s'éveillent. Exprès mon amie laisse tomber une
bouilloire sur les carreaux de la cuisine. Je m'exerce
aux claquettes devant les portes fermées. Un par un,
les membres de la maisonnée émergent comme
s'ils éprouvaient le désir de nous tuer tous les deux.
Mais comme c'est Noël ils ne le peuvent pas.

Pour commencer, un petit déjeuner royal. Tout
ce que l'on peut imaginer depuis des crêpes et de
l'écureuil frit jusqu'à des fricots de céréales et des
gâteaux de miel, ce qui met tout le monde de bonne
humeur sauf mon amie et moi. Franchement, nous
avons une telle hâte de nous ruer sur les cadeaux
que nous n'arrivons pas à avaler une bouchée.

Et je suis déçu. Comment ne pas l'être par des
chaussettes, une chemise pour l'école du dimanche,
quelques mouchoirs, un sweater laissé pour compte
et un abonnement d'un an à un magazine pour
enfants : *Le Petit Berger*. Cela me fait bouillir. Parfaitement. Bouillir.

Mon amie a plus de chance. Un sac de satsumas!
C'est son plus beau cadeau. Elle est plus fière toutefois d'un châle de laine blanche tricoté par sa
sœur mariée. Mais elle dit que son cadeau préféré
c'est le cerf-volant que je lui ai fait. Car il est très
beau. Mais pas aussi beau que celui qu'elle m'a fait
et qui est bleu, parsemé d'or et des étoiles vertes des
Bonnes Conduites. De plus, mon nom est peint
dessus : Buddy.

« Buddy! Il y a du vent. »

Le vent souffle en effet, et rien ne nous empê-
chera de courir vers le pâturage en bas de la maison
où Queenie a galopé pour enterrer son os (et où
l'hiver prochain elle sera enterrée, elle aussi). Là,
plongeant à travers l'herbe saine qui nous monte
jusqu'à la taille, nous déroulons nos cerfs-volants,
nous les sentons vibrer sur leur corde tels les poissons du ciel, puis nager dans le vent. Comblés,
chauffés par le soleil, nous nous étendons dans
l'herbe, épluchant les satsumas et surveillant les
bonds de nos cerfs-volants. Bientôt j'oublie les
chaussettes et le sweater de rebut. Je suis aussi heureux que si nous avions déjà gagné le Grand Prix
de Cinquante Mille Dollars dans le concours pour
baptiser le café.

« Eh bien, je peux dire que je suis folle! crie mon
amie, soudain sur le qui-vive comme une femme
qui se souvient qu'elle a laissé des biscuits dans
le four. Tu sais ce que j'ai toujours pensé, me
demande-t-elle sur un ton de découverte, et souriant, non pas à moi mais à un point dans l'espace.
J'ai toujours pensé qu'il fallait que la Créature fût
malade et mourante avant de voir le Seigneur. Et
j'imaginais que lorsqu'il viendrait, ce serait comme
quand on regarde un vitrail baptiste; beau comme
des verres de couleur avec le soleil ruisselant au
travers et si lumineux que vous ne mesurez pas que
la nuit est venue. Cela m'a toujours été un réconfort
de penser à cette lumière qui vous ôte tout sentiment de peur. Mais je parie que cela n'arrive jamais.
Je parie qu'à la dernière minute, la créature
comprend que le Seigneur s'est déjà montré à elle.

Que voir les choses telles qu'elles sont — sa main dessine un cercle dans un geste qui rassemble les nuages, les cerfs-volants, l'herbe et Queenie grattant la terre pour recouvrir son os — telles qu'elles ont toujours été, c'était voir Dieu. Quant à moi, cela me serait égal de quitter cette terre avec aujourd'hui dans mes yeux. »

Ce fut notre dernier Noël ensemble.

La vie allait nous séparer. Ceux-qui-savent-tout ont décidé que mon destin est une école militaire. Et c'est ainsi que va se poursuivre une misérable succession de prisons au son du clairon de rudes sonneries du réveil dans les camps d'été. J'ai également un nouveau foyer. Mais mon foyer c'est où se trouve mon amie, et on ne me laisse jamais y aller.

Pour elle, elle y demeure, patonnant autour de sa cuisine. Seule avec Queenie. Puis toute seule. (« Buddy chéri, m'écrit-elle de son écriture désordonnée et difficile à lire, hier le cheval de Jim Macy a donné un mauvais coup de pied à Queenie. Sois heureux de penser qu'elle n'a pas beaucoup souffert. Je l'ai enveloppée dans un drap bien fin et je l'ai portée dans le landau jusqu'au pâturage de Simpson où elle retrouvera tous ses os. »)

Pendant quelques novembres elle continue encore à cuire toute seule ses cakes aux fruits, pas aussi nombreux, mais quelques-uns tout de même! et bien entendu elle m'envoie *le dessus du panier*. De même que dans chaque lettre elle glisse une pièce enveloppée de papier de soie. « Va au cinéma et

écris-moi l'histoire. » Mais peu à peu, dans ses
lettres, elle a tendance à me confondre avec son
autre ami, le Buddy qui est mort en 1880. Et de plus
en plus, ce n'est plus seulement le 13 du mois qu'elle
passe dans son lit. Un matin arrive en novembre,
un matin d'hiver naissant, sans feuilles et sans
oiseaux, où elle ne peut plus se soulever pour
s'écrier : « Oh! mon Dieu! Mais c'est le moment
de faire les cakes aux fruits! »

Et quand c'est arrivé, je l'ai su. Un message
m'annonçant la nouvelle n'a fait que confirmer
ce que quelque secret instinct m'avait appris déjà,
et qui me séparait d'une partie irremplaçable de
moi-même, la laissant à l'aventure comme un cerf-
volant dont la corde est brisée. C'est pourquoi,
traversant à pied le terrain de l'école, par ce matin
particulier de décembre, je ne fis que regarder à
travers l'espace, comme si je m'attendais à voir,
quelque peu en forme de cœurs, une paire de cerfs-
volants égarés se hâtant vers le ciel.

DU MÊME AUTEUR

Aux Éditions Gallimard

LES DOMAINES HANTÉS (L'Imaginaire, n° 157).

LA HARPE D'HERBES (L'Imaginaire, n° 25).

UN ARBRE DE NUIT (L'Étrangère).

LES MUSES PARLENT (L'Imaginaire, n° 469).

PETIT DÉJEUNER CHEZ TIFFANY (Folio, n° 364).

MORCEAUX CHOISIS. *Textes anciens et inédits.*

DE SANG-FROID (Folio, n° 59).

L'INVITÉ D'UN JOUR (Folio junior, n° 234. *Illustrations de Bruno Pilorget*).

LES CHIENS ABOIENT (L'Étrangère).

MUSIQUE POUR CAMÉLÉONS (Folio, n° 2134).

CERCUEILS SUR MESURE (Folio, n° 3621).

UN NOËL.

PORTRAITS ET IMPRESSIONS DE VOYAGE (Arcades, n° 42).

UN NOËL suivi d'UN SOUVENIR DE NOËL (Folio junior, n° 1296. *Illustrations de Germaine Beaumont*).

MONSIEUR MALÉFIQUE et autres nouvelles suivi de L'ÉPERVIER SANS TÊTE. Nouvelles extraites du recueil *Un arbre de nuit et autres histoires* (Folio 2 €, n° 4099).

Dans la collection « Folio Bilingue »

UN NOËL/*ONE CHRISTMAS* — L'INVITÉ D'UN JOUR/ *THE THANKSGIVING VISITOR* (n° 17).

PETIT DÉJEUNER CHEZ TIFFANY/*BREAKFAST AT TIFFANY'S* (n° 76).

MUSIQUE POUR CAMÉLÉONS/*MUSIC FOR CHAME-LEONS* (n° 149).

Dans la collection « Biblos »

NOUVELLES — ROMANS — IMPRESSIONS DE VOYAGES — PORTRAITS — PROPOS.

Aux Éditions du Mercure de France

L'INVITÉ D'UN JOUR (*repris dans « Le Petit Mercure »*).

Impression CPI Bussière
à Saint-Amand (Cher), le 3 mars 2011.
Dépôt légal : mars 2011.
1ᵉʳ dépôt légal dans la collection : mai 1973.
Numéro d'imprimeur : 110609/1.
ISBN 978-2-07-036364-3./Imprimé en France.

182717